人形愛序説

Tatsuhiko
ShibUSaWa

澁澤龍彦

P+D
BOOKS
小学館

目次

II

III

I

少女コレクション序説

「少女コレクション」という秀逸なタイトルを考え出したのは、自慢するわけではないが私である。おそらく、美しい少女ほど、コレクションの対象とするのにふさわしい存在はあるまい、と考えたからだ。蝶のように、貝殻のように、捺花のように、人形のように、可憐な少女をガラス箱のなかにコレクションするのは万人の夢であろう。『白雪姫』の小人たちは、毒林檎を食べさせられた白雪姫が死んでからも、まるで生きているように美しく赤い頰をしているので、これを土の中に葬るに忍びず、透明なガラスの柩をつくらせて、その内部に姫を寝かせ、山の上に運んで行って、いつも自分たちで番をしていたというが、さすがに知恵のある小人のことだけあって、うまいことを考えたものである。おまけに、このガラスの柩には、金文字で姫の名前が書きこまれ、姫が王女の身分であることまで一目で分るような仕掛になっていたらしい。これではまるで標本ではないか。ラベルにラテン語で新種の蝶の学名を書き入れるウラジーミル・ナボコフ教授の情熱と、もしかしたら、それはぴったり重なり合うような種類の情熱だったのではあるまいか。

コレクションに対する情熱とは、いわば物体《オブジェ》に対する嗜好であろう。生きている動物や鳥を集めても、それは一般にコレクションとは呼ばれないのである。艶やかな毛皮や極彩色の羽根を誇示していても、すでに体温のない冷たい物体、すなわち内部に綿をつめられ、眼窩にガラスの目玉をはめこまれた完全な剝製でなければ、それらはコレクションの対象とはなり得ないのだ。同様に、昆虫でも貝殻でも、生の記憶から出来るだけ遠ざかった、乾燥した標本となって初めてコレクションの対象となる。物体愛こそ、ほとんどエロティックな情熱に似た、私たちの蒐集癖の心理学的な基盤をなすものでもあろう。

誤解を避けるために一言しておくが、私はべつに、少女の剝製、少女の標本をつくることを読者諸子に教唆煽動しているわけではない。それが可能ならば、この上ない浄福を私たちにもたらすことでもあろうが、如何せん、現実世界では犯罪のみが、かかる目的を辛うじて実現し得るにすぎないのだ。そうではなくて、私がここで読者諸子の注意を喚起せんとしているのは、少女という存在そのものの本質的な客体性だったのである。なにも私たちが剝製師の真似をして、少女の体内に綿をつめ、眼窩にガラスの目玉をはめこまなくても、少女という存在自体が、つねに幾分かは物体《オブジェ》であるという点を強調したかったのである。

もちろん、現代はいわゆるウーマン・リブの時代であり、女権拡張の時代であり、知性においても体力においても、男の独占権を脅しかねない積極的な若いお嬢さんが、ぞくぞく世に現われてきているのは事実でもあろう。しかしそれだけに、男たちの反時代的な夢は、純粋客体としての古典的な少女のイメージを懐かしく追い求めるのである。それは男の生理の必然であって、べつだん、その男が封建的な思想の持主だからではない。神話の時代から現代にいたるまで、そのような夢は男たちにおいて普遍的であった。老ゲーテや老ユゴーの少女嗜好を云々するまでもなく、サチュロスはニムフを好むものと相場がきまっているのである。シュルレアリストたちの喜ぶファンム・アンファン（子供としての女）も、ハンス・ベルメールの関節人形も、そのような男の夢想の現代における集約的表現と考えて差支えあるまい。

小鳥も、犬も、猫も、少女も、みずからは語り出さない受身の存在であればこそ、私たち男にとって限りなくエロティックなのである。女の側から主体的に発せられる言葉は、つまり女の意志による精神的コミュニケーションは、当節の流行言葉で言うならば、私たちの欲望を白けさせるものでしかないのだ。リビドーは本質的に男性のものであり、性欲は男だけの一方通行だと主張したのは、スペインの内分泌学の大家グレゴリオ・マラニョンであるが、そこまで極論しなくても、女の主体性を女の存在そのものの中に封じこめ、女のあらゆる言葉を奪い去り、女を一個の物体に近づかしめれば近づかしめるほど、ますます男のリビドーが蒼白く活発に燃えあがるというメカニズムは、たぶん、男の性欲の本質的なフェティシスト的、オナニスト的傾向を証明するものにほかなるまい。そして、そのような男の性欲の本質的な傾向に最も都合よく応えるのが、そもそも少女という存在だったのである。なぜかと申せば、前にも述べた通り、少女は一般に社会的にも性的にも無知であり、無垢であり、小鳥や犬のように、主体的には語り出さない純粋客体、玩弄物《かんろうぶつ》的な存在をシンボライズしているからだ。

当然のことながら、そのような完全なファンム・オブジェ（客体としての女）は、厳密に言うならば男の観念の中にしか存在し得ないであろう。そもそも男の性欲が観念的なのであるから、欲望する男の精神が表象する女も、観念的たらざるを得ないのは明らかなのだ。要は、その表象された女のイメージと、実在の少女とを、想像力の世界で、どこまで近接させ得るかの問題であろう。女が一個のエロティックなオブジェと化するであろうような、生物学的進化の夢想によって、ベルメールが苦心の末に完成した人形も、つまるところ、こうした観念と実在とを一致させる一つの試みと見なすことができるかもしれない。

次に、私の好みにしたがって、少女に関係のある幾つかの重要なテーマを抜き出し、少女コレクションの内容にふさわしく、これに簡単なコメントを付してみたいと思う。

「眠れる森の美女」

少女が父親に対するリビドー的固着、すなわちエレクトラ・コンプレックスをもちながら、陰核による自慰の誘惑を断念し、やがて彼女に膣の快感を教えにくる若者を待つまでの、待機のための長い長い眠りの期間を、好んで童話の女主人公の名前を借りて表現したのは、女流精神分析学者のマリー・ボナパルト女史であった。

「真の女になるべく予定された少女は、一般に最終的な快楽、膣オルガスムを得るのに成功するより以前に、陰核による自慰を放棄し、それまでの不十分な快楽をわずかな思い出としたまま、潜伏期間に入らねばならない。かくて、母親の男根的な紡錘竿《つむざお》で手を傷つけた『眠れる森の美女』のように、自慰の罪を負ったその手のために、少女の既成のリビドー組織は眠りにおちいり、やがて夫が処女膜の森の茨《いばら》を分けてやってくるまで、その眠りから覚めることがないのである。私たちの家庭における少女の理想的な発達とは、このようなものであろう。」（『女性の性的素質』）

「眠れる森の美女」とは、女のエロティシズムがクリトリス系統から膣系統に移行するまでの、曖昧な潜伏期間に生きている少女のことである。男の子と違って少女の場合、性のドラマはきわめて複雑で、たとえば少女が去勢コンプレックスに対する反動として、女であることを拒否し、ペニス羨望をいよいよ強固にし、父親と同化したがるならば、彼女はいつまでもクリトリス段階にとどまることになる。つまり「眠れる森の美女」の眠りが、不幸にしていつまでも覚めないわけだ。ノーマン・メイラーに嚙みついたウーマン・リブの闘士たちも、このような段階にとどまっている無邪気な女たちであるかもしれない。「少女コレクション」の愛好家にとって、「眠れる森の美女」はもとより魅惑の対象であるにはちがいないが、しかし一方、あまりに長く眠りすぎた美女は、残念ながら、すでにコレクションに加えるべきオブジェたる資格に欠けるものと断定せざるを得ないであろう。

「塔に閉じこめられた姫君」

マリー・ボナパルト女史が面白いことを言っている。
「卵子から恋人まで、女性であることの役割の一切は、待つことにほかならない」と。膣はペニスを待ち、卵子は精虫を待ち、「眠れる森の美女」は王子の到来を待っている。いや、「眠れる森の美女」ばかりでなく、シンデレラも、「驢馬の皮」も、白雪姫も、すべて童話の女主人公は忍耐強く王子の到来を待っていなければならない。同じ年頃の男の子が、冒険を求めて世界を遍歴したり、怪物や巨人を相手に闘ったりしているのに、こちらは、暗い城や塔や洞窟の中に押しこめられ、閉じこめられて、死んだような深い眠りにとらわれつつ、ただひたすら待っているのである。

この待っている状態が、童話の中でしばしば「塔に閉じこめられた姫君」の美しいイメージによって表現されているのは、読者も周知であろう。グリムの「ラプンツェル」の塔が、その最も典型的な例だ。元来、破瓜《はか》期の少女を小屋に閉じこめて、一定期間、共同体から隔離するという習慣は、どこの民族のあいだにも認められた一種の通過儀礼であり、この儀礼の深い意味は、近親姦への自然的欲求から少女を遠ざけて、少女のクリトリス段階を克服せしめることにあったと言われている。塔のイメージは、この隔離のための小屋を童話風に潤色したものにほかなるまい。「眠れる森の美女」も、高い塔の上で百年の眠りに落ちるのである。

童話だけでなく、キリスト教の聖女伝説にも、この「塔に閉じこめられた姫君」のテーマが見つかるのは興味深い。ファン・アイクの名高いデッサン「聖バルバラ」(一四三七年)は、巨大なゴシックの塔を背にして端然と坐っている聖女を描いたものだ。伝説によると、彼女はヘリオポリスの富豪の家に生まれたが、娘の結婚を許さない嫉妬深い父親のため、高い塔の内部に幽閉された。孤独のなかで、やがてキリスト教に改宗した彼女は、ある日、父の不在中、それまで二つしか窓のなかった塔の壁に、職人に命じて三つ目の窓を穿《うが》たせた。魂は三つの窓、すなわち聖なる三位一体によって光明を受けねばならないからである。これを聞いて激怒した異教徒の父親は、みずから娘の首を刎《は》ねたという。——この伝説では、エロティシズムが宗教によって語られているところが出色であろう。すなわち、娘がクリトリス段階を克服することを喜ばない反社会的な父親は、キリスト教によって象徴された膣系統のエロティシズムに、娘が親しみ出したことに怒りを発したのである。それにしても、三つ目の窓とは、ずいぶん露骨なアナロジーではなかろうか。

水妖メルジーネ、ウンディーネ

ルネサンス・バロック期の汎神論的自然哲学からドイツ・ロマン派を通過して、現代のシュルレアリスムにまでいたる北方的心情の系譜に、水の妖精として表わされた美女を崇拝する伝統がある。パラケルススの『妖精の書』、フーケの『ウンディーネ』、ゲーテの『新メルジーネ』、ハウプトマンの『沈鐘《ちんしょう》』、アンデルセンの『人魚姫』、さらに現代のアンドレ・ブルトンの『ナジャ』などを思い起すならば、読者はおよその概念を得ることであろう。水の中に棲む魚の下半身をした妖精は、男を迷わせる危険な要素のある、古代異教の処女神か、あるいはヘブライ神話のリリトの変形した姿でもあろうか。いずれにせよ、処女の冷たい面が、ここでは明らかに水によって象徴されているのである。スイス生まれの幻想画家フュスリの作品に、「キューレボルン（「冷たい泉」の意）がウンディーネを漁師のところへ連れてくる」という題のものがあることも、ここで忘れずに指摘しておこう。

処女神ディアナ、ダフネ、ジャンヌ・ダルク

ギリシア・ローマ神話では、処女神は月の女神ディアナであるが、彼女には冷たい生娘の性格と、破壊を好む戦闘的な、激しい女の性格とが二つながら認められる。うら若い処女の身でありながら、世のつねの少女のように、糸を紡いだり織ったりするのを好まず、髪を白い紐で束ね、弓矢を手にして山野を駈けまわり、もっぱら狩猟に日を送る。つまり、彼女は男になりたいのだ。精神分析学では、そこで少女のペニス羨望をディアナ・コンプレックスと称するこ

とがある。アポロの求愛を嫌って逃げまわり、ついにゼウスによって月桂樹に変えられた若いニムフ、ダフネのコンプレックスもまた、性愛一般を嫌悪ないし恐怖する若い娘の感情をあらわすものとして、精神分析学で登録済みの用語となっている。

ディアナのような戦闘的な処女のイメージは、単に神話の世界のみならず、世界各地の伝説や歴史の中にも、さまざまに形を変えて生きている。白鳥の翼をした少女の姿で表現される、北欧神話のヴァルキュリーも、戦闘好きな女神であり、一種の処女神であろう。さらに歴史上の例を求めるならば、オルレアンの処女ジャンヌ・ダルクがあり、フランス革命期におけるカーンの処女シャルロット・コルデーがある。ジャンヌは敗れてイギリス軍に捕えられるや、宗教裁判にかけられ、魔女として焼き殺された。コルデーもまた、血に酔った民衆の罵声を浴びながら、ギロチンにかけられて首を刎ねられた。一般に、処女は危険な力を有すると信じられていたのであり、さればこそ、戦闘においても、それが相手方を慴伏《しょうふく》せしめる原因となり得たのだった。月経の血や初夜の処女膜の出血に、男性の精力を破壊する、不吉な効力を認める昔ながらの信仰も、これと同じ考え方に由来するものであろう。古代人は処女に対して畏怖の念をいだいていたのであり、この感情は潜在意識として、おそらく、フランス革命期にまで生きていたのである。いや、もしかしたら現代にだって、こうした信仰の隠微な名残りは認められるかもしれない。

ロリータ、ニンフェット

『ロリータ・コンプレックス』の著者ラッセル・トレイナーによると、「ロリータが形成されるのは、さまざまな無意識の願望や衝動、すなわち父親固着コンプレックス、去勢願望、ペニス羨望、強姦願望などによって」である。これでは精神分析学の模範的答案を見るようで、いささか味気ない思いがしないこともない。しかしロリータ現象なるものは、私見によれば、視点を少女の願望の側に置いて眺めるよりも、むしろ視点をハンバート、いや、ナボコフ自身の側に置いて眺めるべき問題ではなかろうか。珍種の蝶を採集でもするように、純粋な観念の世界で少女のイメージを執拗に追い求めるナボコフの姿に、私たちは否応なく感動させられるのである。ドニ・ド・ルージュモンが指摘したように、トリスタンの愛の神話から最も遠い、邪悪な観念の淫蕩に耽っている著者の立場は、おそろしいほど孤独なのである。マラニョンではないが、これこそ男の性欲の「一方通行」の極致であろう。

エドガー・ポーの女、死美人

私がただちに想起するのは、ユイスマンスの次のような評言である。「ポーの女主人公たちは、モレラにせよ、リジイアにせよ、いずれもドイツ哲学の濃霧と古代オリエントのカバラの神秘の中で鍛えられた、該博な学識の所有者であり、いずれも少年のような天使のような中性の胸をもち、いわば、いずれも性《セックス》がないのである。」「ポーにおいては、その恋愛は純潔で天使のようで、感覚は少しもそこに介入せず、しっかり立った孤独な頭脳は決して官能と相呼応することがない。もしそこに官能があったにせよ、それは永遠に凍結した、処女のままの官能である。」(『さかしま』)

ディアナの月は処女性の象徴であると同時に、また冷感症の象徴でもある。処女崇拝が冷感症崇拝に結びつき、さらに極端に走ってネクロフィリア(屍体愛好)に到達するのも、あくまで不可能を求めるエロティシズムの論理からすれば、べつに不思議はなかろう。ポーのネクロフィリアの幻影の中に次々に浮かび上がってくる女たちの顔には、きまって、幼くして死んだ処女妻ヴァージニアの顔と、さらに母の顔とが二重写しになっていた。実際、ポーほど、生涯をかけて「少女コレクション」に熱中した精神はまれなのではなかろうか。しかも、彼は愛する少女を作品の中で次々に死なせるのであるから、いやが上にも、そのコレクションは完璧となる。ポーの選ぶ花嫁は、いずれも屍蠟《しろう》のように蒼白な顔色をしていて(作品の世界においても、実人生においても)、必ず病気にかかっており、彼が最も彼女を愛するのは、彼女に死の近づいた時なのである。死の徴候が現われなければ、彼の愛は完成しないのだ。

ピュグマリオン、人形愛

ロマンティックな冷感症崇拝は、十九世紀の産業革命とともに、人工性と技巧を尊重する機械崇拝にも道をひらいたように思われる。その頃、リラダンの『未来のイヴ』が誕生したのも偶然ではあるまい。自動人形は女以上の女、自然の女よりもはるかにすぐれた性能を示す、エロティックな人工の女なのである。二十世紀のシュルレアリストたちが、エルンストもダリもマッソンも、競ってマネキン人形の製作に熱中しているのは、この意味からも興味深いものがあろう。すでに古代ギリシアの神話にも、みずから製作した象牙の人形に恋をするピュグマリオンの物語がある通り、この人形愛は、もちろん産業革命以前にも存在していた。私はかつて、これを父親の娘に対する近親姦コンプレックスの変形した一つの現われとして眺める立場から、「デカルト・コンプレックス」というネオロジスムによって呼んだことがある。コギトの哲学者の娘に関する逸話については、何度も書いたことがあるから、ここではふたたび繰返すまい。

女を一個の物体《オブジェ》に出来るだけ近づかしめようとする「少女コレクション」のイマジネールな錬金術は、かくて、窮極の人形愛にいたって行き止まりになる。ここには、すでに厳密な意味で対象物はないのだ。ポーのように、死んだ者しか愛することのできない者、想像世界においてしか愛の焔を燃やそうとしない者は、現実には愛の対象を必要とせず、対象の幻影だけで事足りるのである。幻影とは、すなわち人形である。人形とは、すなわち私の娘である。人形によって、私の不毛な愛は一つのオリエンテーションを見出し、私は架空の父親に自分を擬することが可能となるわけだが、この父親には、申すまでもなく、社会の禁止の一切が解除されているのである。まさにフロイトがホフマンの『砂男』の卓抜な分析によって証明したように、人形を愛する者と人形とは同一なのであり、人形愛の情熱は自己愛だったのである。

〔初出：「芸術生活」1972（昭和47）年9月号〕

人形愛の形而上学

わが国にも、人形のコレクションをしている人形愛好家、もしくは人形研究家といったような人たちの数は多いが、それらの人たちに対する私の何よりの不満は、いわば人形愛の形而上学とでもいうべきものが、彼らに決定的に欠けているという点なのである。

私は、民芸風な郷土人形には全く関心がないし、また展覧会に出品されたりする芸術人形、あるいは趣味的な手芸の人形にも全く興味がない。名前を挙げるのは遠慮するが、現代の前衛美術家の制作する毒々しいオブジェ人形にも、ただ不快感を催すだけである。モダン・ダンスよりはクラシック・バレエの方がずっと良い、というような意味で、私にとっては、新しい人形よりも古典的な人形の方がずっと魅力的なのである。ハンス・ベルメールの関節人形は、彼がベルリンのカイザー・フリードリヒ美術館で見た、デューラー派の画家の手になる古い人形を、新たに復活させたものにほかならない。決して新しい人形ではないのである。

そして人形愛の形而上学は、必ずしも新たに創作された現代の人形と無縁ではないにせよ、むしろ素朴なアニミズム的信仰の影をとどめた古い人形の方にこそ、かえって明瞭な形で読みとれる場合が多いのである。私が愛するのは、そのような源泉に遡った人形の観念、現に出来あがった人形のなかに透けて見える、古い人形の観念なのだ。

「人形愛」という新造語を初めて文章のなかで使ったのは、たぶん私だろうと思われるが、当初の私の意向では、この言葉は、ヨーロッパで用いられるピグマリオニズムの翻訳語のつもりだった。ピグマリオニズムは公認済みの心理学用語、性病理学用語であると同時に、私の考えでは、この言葉の原因になったギリシア神話の主人公の野心のように、象徴的にもせよ形而上学への志向をふくまなければならないものなのである。形而上学というよりも、むしろ魔術といった方がぴったりするかもしれない。レヴィ＝ブリュールの原始心性の仮説などを、ここで思い出しておくのも無駄ではあるまい。

そもそも遊びや玩具のなかで、その起源に、魔術的ないし宗教的な意味を見出すことができないようなものは、ほとんど一つもないのである。最近、民族学では仮面の研究が盛んのようであるが、人形の魔術的な意味も、たぶん、これとパラレルだと考えて差支えなさそうである。人形はしばしば、人形が模倣するモデルの性質を分有すると見なされてきたのである。逆に考えれば、人形のモデルは、人形に対して加えられた虐待や愛撫を、そのまま我が身に感じるはずだった。これが呪いの原理であって、さまざまに複雑な儀式を伴いながらも、この原理そのものは、有史以前から古代や中世、いや、近代にいたるまでも、ほとんど変るところがなかったのである。わが国でも、藁人形や形代《かたしろ》による人形信仰は連綿と行なわれているし、ヨーロッパの魔術の歴史を通覧すれば、いわゆる「愛の呪い」や「憎悪の呪い」のために人形が使用されたという例は、それこそ枚挙に遑《いとま》がないほどであろう。ピュグマリオンは、この「愛の呪い」の元祖ともいうべき神話の人物である。

ジャン・プラストーはその著『自動人形』のなかで、「自動人形はおそらく、私たちの形而上学的不安から生まれた」と述べているけれども、これは単に自動人形ばかりではなく、人類の考え出した最初の玩具であるところの、あらゆる素朴な人形についても当てはまる評言ではないだろうか。

自動人形は、あくまで人形のなかの特殊な形態ではあるが、そのなかに、あらゆる人形に一般的な人形愛の形而上学が、最も純粋な形で見出されるはずなので、私にとっては何よりも論じやすい対象となっている。

子供は夢のなかで、しばしば自分の人形が生きて動き出すシーンを眺める。アンデルセンの『小さなイダの花』では、女の子が夜の夢のなかで、花たちと一緒にダンスを踊る人形の姿を盗み見る。ホフマンの『胡桃割り人形』でも、夜間、人形が鼠の大群と一戦を交える。童話作家の夢想のなかに現われた子供の願望は、しかし、もとより子供だけのものではなかった。生きた人形を造り出そうという野望は、さまざまな形のもとに、つねに私たち人類を悩ましてきた夢想の一つだったのである。もしかしたら、最も重大な人類の形而上学的野望が、この自動人形制作の夢のなかに集中的に表現されている、と言えるかもしれないのだ。

すでに拙著『夢の宇宙誌』その他で、私は、古代から近代にいたる自動人形制作者たちの興味ぶかいエピソードを、私の知る限り、ことごとく紹介しつくしてしまったような気がするので、ここでは、それをふたたび繰り返すつもりはない。ただ、人間精神の発展の上から見た、特筆すべき事例の幾つかを述べながら、自動人形の歴史を簡単な構図のなかに要約してみたいと思う。私は前に、オーギュスト・コントの説く有名な人間精神の発展の三段階の法則に、玩具の発達の歴史を当てはめてみたことがあるけれども、もちろん、これは自動人形の歴史を眺めた場合にも、なお十分に有効であろう。

まず、技術家《テクノクラート》の神話的シンボルともいうべき天才的な工匠、ダイダロスに関するエピソードを述べておかねばならぬ。ダイダロスは鍛冶の神へパイストスの真似をして、ひとりでに動く木製のウェヌス像を造ったと言われており、このことはアリストテレスも語っているくらいだから、かなり広く知られていたものと考えてよかろう。ウェヌス像は、体内の水銀によって動く仕掛けになっていたという。その後、クレタ島やロドス島の鍛冶師の造った人形も、もっぱらダイダロスの作と言われているほどなので、文字通り、彼は技術者仲間の神であったようだ。

ただ、それらの人形には忌わしい噂があり、夜な夜な台座を脱け出しては、人間や神々の像と情交するというので、夜のあいだは縛っておかねばならなかった。……

このあたり、ピュグマリオン伝説を思わせるし、またメリメの短篇『イールのヴィーナス』

の主題にも通じる、エロティックでしかも怪奇なものがある。日本の『今昔物語集』巻第十七にも、ピュグマリオン伝説のヴァリエーションというべき「吉祥天女ノ摂像ヲ犯シ奉レル人ノ語《はなし》」があるのを、ついでに指摘しておこう。むろん、これらは単にエロティックな伝説というだけでなく、またオーギュスト・コントの「神学的段階」にふさわしい、超自然現象を畏怖した当時の民衆の心の反映した、悪魔的な工匠の伝説とも見なければならない。これもついでだが、物語に現われたピグマリオニズムの現代版として、まだ私たちの記憶に新しいのは、ギュンター・グラスの小説『ブリキの太鼓』のなかに出てくる、古いダンツィヒの海洋博物館で、木彫りの少女像ニオベと情交して果てる青年のエピソードであろう。

中世やルネサンスの錬金術師は、レトルトのなかで人工的な人間を造出しようと努力した。十六世紀の医者パラケルススによって、その製法の理論化されたホムンクルスがそれであり、ゲーテは『ファウスト』第二部「実験室の場」で、このホムンクルスの誕生をまざまざと描き出した。同じく人造人間とは言っても、この化学的に合成される人工胎児ホムンクルスと、メカニックな技術によって制作される自動人形とは、そのあいだに大きな隔りがあろう。それでも、人間を一個のミクロコスモスと見なす錬金術特有の考え方が、人形愛の形而上学に一本の太い支柱をあたえた形となって、当時の自動人形制作者たちの探究心を鼓舞したことは疑い得まい。ミクロコスモスの具体的なイメージは、まさに自動人形そのものだからである。すでにプラトンが『法律』のなかで、「私たち人間は神の造った操り人形ではないだろうか」という感慨を洩らしている。メカニックな探究と化学的な探究とは、相交わりながら自動人形の夢をはぐくんだのである。

私がとくに面白いと思うのは、十世紀の法王シルヴェステル二世、十三世紀のスコラ哲学者アルベルトゥス・マグヌス、同じくロジャー・ベーコン、十五世紀のレオナルド・ダ・ヴィンチ、十七世紀のデカルトなどといった、それぞれ当代一流の大知識人が、いずれも、自動人形制作の夢に憑かれていたという事実である。錬金術から人間機械論にいたる西欧思想の流れは、つねに人造人間の造成を、その密かな窮極の夢としていたかのごとくである。むろん、こうした不可能の夢に憑かれていた各時代の学匠たちは、学匠であるが故に、民衆から魔術師として畏怖されていたし、彼らのまわりには、多くの場合、真偽の定かでない数々の伝説の雲が張りめぐらされていた。もしかしたら、愚かな民衆には、彼らにとって近寄りがたい万能の大学者を、宇宙と人間の最も深い秘密をつかんだ者として、好んで人造人間の制作者と見なしたがる傾向があったのかもしれない。要するに、畏怖と憧憬の両極反応を呼び起す人形愛の形而上学は、少なくとも産業革命以前の民衆の心には、遍在していたと言うことができるのである。

十九世紀初頭の作家ホフマンの短篇『砂男』に登場する、魂のない自動人形オリンピア（バレエではコッペリア）は、この古い魔術的な人形愛の伝統と、コントの「実証的段階」にふさわしい、魔術から遠ざかった純粋メカニズムの流れとの、ほぼ中間に位置していると考えて差支えあるまい。現代の私たちは、オートマティズムをもっぱら科学に従属させ、もはや人間の必要、人間の安楽のためにしか、これを利用しようとは思わないのである。十八世紀のヴォーカンソンが数々のメカニズム人形を造って大成功を博したような、「形而上学的段階」における機械崇拝の思想も、すでに崩壊してしまった。大工場では、役に立つものだけが製造され、分別のある大人は、玩具などという、古い無益な形而上学の尻っぽをぶらさげたものには、見向きもしないようになってしまった。さらに最近の情報理論の発展とともに、かつて一個のミクロコスモスを意味したオートマトン（自動人形）という言葉は、卑しい人工頭脳、電子計算機の同義語になってしまった。

現代では、玩具や人形は、完全に子供だけの占有物となってしまったらしい。そして人形愛の形而上学もまた、久しい以前から失われてしまっているように見える。リモート・コントロールによって操作されるロボットや怪獣の人形は、すでに純血を失って、堕落した姿を私たちの目にさらしている。

神聖や恐怖の感情がもはや有効性を失っている現代においては、人形の純血種を保証するものは、私には、エロティシズムのみではないかとさえ思われる。ベルメールの人形が、この間の事情を何よりも雄弁に語っているだろう。早くも十九世紀において、このことを予感していたと思われるのはロマン派の詩人たち、ホフマンや、ポーや、ボードレールや、リラダンたちであった。彼らは古いピュグマリオン伝説、実物の女よりもエロティックな人工美女の伝説を、近代の光のもとに復活させたのである。

サルトルの痛烈な批判以来、ボードレールの反自然主義、冷感性崇拝、人工性讃美の思想は赤裸々に暴露されたかの観があるが、もちろん、私に言わせれば、これらは詩人のかけがえのない美質でこそあれ、欠点では少しもないのである。サルトルは詩人のオナニスト的、屍体愛好者的性格を挙げているけれども、私はさらに、これにピグマリオニズムをつけ加えてもよいと思っている。

実際、ボードレール的な見地に立てば、ダンディーは女優と娼婦をしか愛さないのであって、これらがいずれも、極端に反自然的な女であることは明らかであり、この女における反自然主義の行きつくところに、人形愛のエロティシズムが生じたとしても何ら不思議はないからである。ボードレールに『玩具のモラル』というエッセーがあるのも偶然ではなかろう。玩具も人形も、まさに自然の世界と対立する人工的世界、ボードレールの語彙を用いれば人工楽園の産物なのだ。サルトルによれば、「サン・シモンから十九世紀全体をつらぬいてマラルメ、ユイスマンスにいたる反自然主義の大潮流には、十九世紀の産業革命と機械主義の出現が大きく作用しており、ボードレールは、この潮流に押し流された」のである。

とリラダンの『未来のイヴ』においては、この反自然主義の傾向がいっそう決定的になる。とにもかくにもボードレールにおいては、まだ自然と人工という二つの極のあいだを、詩人の感性が揺れ動いているのが認められたのに、リラダンにおいては、この二つの世界を結ぶ橋が完全に断ち切られるのだ。すなわち、ミス・アリシア・クラリーがそのシンボルである卑俗な現実世界と、自動人形アダリーが代表しているような、無から造成された人工世界とのあいだには、一切の連絡が途絶えるのである。現実の女アリシアは、「勝利のウェヌス」にも比すべき神々しい肉体の持主であるにもかかわらず、その肉体が覆いかくしている魂は、最も低俗な物質主義に毒されている。一方、人工美女アダリーは、アリシアの外観を完全に模した人形であって、人形であればこそ魂はないのである。いったい、この二つのうちのどちらを選ぶべきか。

このジレンマを前にしたとき、不可能の恋に悩む青年エワルド卿は、人形の制作者であるエディソンから、次のごとき訓戒をあたえられる。すなわち、「貴君にとって、あの女（アリシア）の真の人格は、あの女の美しさの輝きが貴君の全存在中に目ざました《幻影》にほかなりません。この《影》だけを貴君は愛しておられる。この《影》のために死のうとなさる。貴君が絶対に現実的なものと認めておられるのは、この《影》だけなのです！　結局、貴君が呼びかけたり、眺めたり、あの女のうちに創造したりしておられるものは、貴君の精神が対象化された幻ですし、またあの女のうちに、複写された貴君の魂でしかないのです。そう、これが貴君の恋愛なのですな。」

このエディソンの説く性愛上の極端な主観主義、極端なイリュージョニズムは、ミシェル・カルージュが奇書『独身者の機械』で綿密に分析してみせたように、やがては近代的ナルシシズムに特有な「独身者の機械」、すなわち快楽と苦痛のオナニー・マシンに帰着すべきものであろう。ダダイストやシュルレアリストの多くが、人体模型やマネキン人形に異常な執着ぶりを見せたのも、人形愛の形而上学の最後の燃焼ともいうべき不毛なエロティシズムを、そこに敏感に感じ取ったからにほかなるまい。不毛なエロティシズム、——しかし、それはダイダロスのような、ピュグマリオンのような、昔ながらの工匠あるいは芸術家の比喩だったのである。

さて、最後に、人形の主題をめぐる気ままな話をして、このエッセーを締めくくりたいと思う。東洋と西洋との比較を、精神文化と科学文明との単純な対立によって捉える見方は、もちろん、今日では時代遅れの短見でもあろうが、時計、人形、噴水などといった、いわゆる技術文化の歴史に登場してくる遊戯的な機械類が、ヨーロッパにおいては、すでに十三世紀ごろから全土の主要都市に広まっているという事実に目をとめると、やはり彼我の相違が大きく感じられずにはいられない。実際、ヨーロッパのめぼしい中世都市には、ほとんど必ず広場に噴水があって、ほとんど必ず市庁舎の塔に時計が付属していて、ほとんど必ず寺院の屋根の上に人形がいるのを眺めることができるのである。これは、はっきり目に見えるものだけに、それだけ印象が強いということもあるだろう。

ヨーロッパ中世における最もポピュラーな自動人形は何かと言えば、それは多く寺院の塔に付属している、時計の鐘を打つ金属性の人形「ジャックマール」であり、鐘の紐をひっぱる砂時計を握った骸骨であり、また鐘の音とともに行列する小さな人形である。ルネサンスやバロック期の祝祭における大がかりな機械仕掛けや、庭園における豪華な装飾を生み出す起源となったのは、このような中世の寺院における、ささやかなメカニズムであったにちがいなかろう。前にも述べたように、ジャックマールが西欧の主要な都市の教会に姿を現わすようになったのは、スコラ哲学の最も栄えた、中世文化の完成期ともいうべき十三世紀である。時計塔に現われたジャックマールも、最初はごく素朴な姿をしていたらしいが、時とともに、次第に複雑化、装飾化して行った。面白いのは、寺院の塔を仰ぎ見る市民たちが、ひとりぼっちで塔の上に立っているジャックマールを気の毒がって、これに仲間をつくってやろうと考えたということだ。たとえば、名高いディジョンのノートルダム寺院のジャックマールは、こうして市民から三人の家族をつくってもらったのである。

まず一六五〇年、それまで独身だったジャックマールに妻があたえられた。妻の名はジャックリーヌという。次に一七一五年、市民の努力によって、ジャックリノという名前の息子が誕生した。最後に一八八五年、ジャックリネットという名前の娘がつくられて、とうとう家族は四人になった。

ディジョンのジャックマールが市民にいかに愛されていたかということは、たとえば次のようなブルゴーニュ地方の民謡によっても知ることができるだろう。

ジャックマールは何事にも驚かない

冬の寒さも秋の寒さも
夏の暑さも春の暑さも
彼に不平を言わせることはできない

ジャックマールをも含めた時計人形の流行は、ヨーロッパはもとより、遠くペルシアにまで及んだと伝えられるが、そもそもアレクサンドレイアのヘロンを始祖とする水力応用の自動人形は、オリエントが本場だったとも考えられる。ヘロンの技術的遺産を最初に受け継いだのはアラビア人であり、アラビア人の技術的手腕は、ヨーロッパ人を驚かすような数々の自動人形を制作することを得さしめたのである。時計の歴史の本を見れば必ず引用されているが、九世紀の初め、『アラビアン・ナイト』で名高いアッバス朝のハルン・アル・ラシッドが、カルル大帝の戴冠式の際に贈ったという水時計には、十二時になると、十二人の騎士が十二の窓から出てくる仕掛けや、象の口から十二個の球が吐き出される仕掛けがあって、ヨーロッパ人を仰天させたという。

アラビアの自動人形は、かように水力学のメカニズムを利用して、いろんな驚くべき仕掛けをつくっていたから、『アラビアン・ナイト』の物語に出てくる庭園に、人工の鳥だの人形だのが現われたとしても、べつだん不思議はないのである。バグダッドのカリフは客人を、首都の北西百二十キロ、ティグリス河畔にあるサマッラの町へ連れて行って、ここで奇蹟の庭を見物させたという。庭では、機械仕掛けの鳥が十何羽、棗椰子《なつめやし》の樹蔭にかくれて、ぴよぴよ鳴いたり、翼をばたばた動かしたりしているのだった。

ほとんど同じ時期に、アラビア人は水力学応用の自動人形をスペインの土地にも伝えたらしい。十二世紀、アル・モハーデス朝の君主アブー・ユースフル・マンスールは、その宮殿のまわりに不思議の庭を造営しているし、その大臣アグダル・シャハンシャーは、香ばしい並木道を歩くことのできる人工の少女のコレクションが自慢だったという。シチリア王がアラビア人の技師をパレルモに呼び寄せて、自動人形庭園をつくらせようとしたのも、同じく十二世紀のことであった。

このパレルモの庭園を訪れて、アルトワ伯ロベール二世は、あの名高いブルゴーニュ公の別荘であるエダンの城を造営する気になったのだという。アラビアからスペインへ、スペインからシチリア島へ、そしてシチリア島からフランドルへという具合に、水力応用の自動人形は伝播したのである。ジャックマールがフランドルで流行し出したのも、ちょうど同じ頃からであった。一二九五年、シチリア島からフランスへ帰ると、ロベール二世はさっそく、エダンの城の造営にのり出したらしい。

エダンの城に関する記述は、ホイジンガの『中世の秋』にも少しばかり出ているから、あるいは御存知の方があるかもしれない。それは珍奇な美術品の宝庫であると同時に、華やかな宮廷文化を誇ったブルゴーニュ公の別荘でもあって、いろんな自動人形や、驚愕噴水や、各種の機械仕掛けの娯楽設備が揃っており、長いあいだ王侯貴族の遊び場となっていたところである。いわば中世の秋に花咲いた、美術館であると同時に一大歓楽場であったと思えば間違いなかろう。庭には大きな鳥籠があって、なかには人工の鳥のほかに、四人の楽士が楽器を奏しているところや、騎士が弓をふりあげているところが眺められた。もちろん、楽士も騎士も自動人形である。

歩廊には、各種のいたずら機械が揃っていた。ホイジンガによれば、画家メルキオール・ブルーデラムは、ここで「客に水を浴びせかけたり埃だらけにしたりする、妙な機械仕掛けを修理彩色した」という。バロック期にいたって大いに流行した、いわゆる驚愕噴水の走りであろう。こんなもので子供のように楽しんでいた中世の王侯貴族は、今から考えれば、まことに無邪気なものだと言うことができよう。

「ジャン・コクトーは映画『美女と野獣』のシナリオを書いているとき、エダンの城の美しいコレクションを思い浮かべたのではなかったろうか」と書いているのは、前にも引用した『自動人形』の著者プラストーである。

玩具や人形を楽しむすべを知らない現代人よりも、これらを最大限に楽しむことを知っていた中世やルネサンス時代の人間の方が、はるかに幸福であったにちがいない、と考えたくなるのは私ばかりではあるまい。

寺院の塔のジャックマール一つにしても、中世人は、私たちがつとに忘れてしまった人形愛の精神をもって、これを眺めていたはずなのである。

〔初出：「芸術生活」1973（昭和48）年11月号〕

ベルメールの人形哲学

「大部分の子供というものは、玩具の生命を見たがる。玩具の寿命を長びかせるか否かは、この欲望が早く襲うか遅く襲うかに懸っている。私には、こうした子供の奇癖を咎める勇気はない。なにしろこれは子供の最初の形而上学的傾向なのだから」とボードレールが『玩具のモラル』のなかで書いているけれども、人間の肉体、とくに女体に対するベルメールの飽くことなき探求心は、あたかも好奇心の旺盛な子供が、時計や玩具や人形をばらばらに分解して、その内部の秘密のメカニズムをあばき出し、その生命を見きわめようとする熱望に似たものを感じさせはしないだろうか。

ベルメールのエロティシズムが、単に皮膚の表面の接触といった通俗的な面に局限されず、その隠れた内部の原因をあばき出そうという、ボードレールのいわゆる「子供の最初の形而上学的傾向」に支配されたものであるらしいことは、ここでとくに強調しておく必要があろう。同じくエロティシズムとは言っても、ベルメールのそれは、ピカソのような肉体を謳歌する健康な薔薇色のエロティシズム、異教的な歓喜の表現ではなくて、あくまで死と暴力の認識の上に基礎づけられた、危険な黒いエロティシズムなのである。

肉屋で牛を屠殺するところを好んで見たがったマルセル・プルーストの奇癖を、モーリス・サックスは「子供の残酷さ」と呼び、『失われし時を求めて』という厖大な作品のすべても、一種の怪物的な子供、――精神は大人の経験を残らず味わったけれども、魂は十歳のままの子供の作品として理解することができる、と言っている。子供の破壊の対象たる時計や玩具が、ベルメールの場合、そのまま女体に移行したと考えてよいかもしれない。しかも、彼は現実の犯罪者、たとえば「斬り裂きジャック」のような性犯罪者たることを免れるべく、みずからの破壊の衝動をぶつけるべき一種の模擬物を発明した。それが人形であり、この人形を発明してから以後の彼の創作活動の一切は、デッサンも、版画も、グワッシュも、オブジェも、彼がその人形を前にして感じる肉体についての問題意識から派生しているのである。

あらゆる角度から造形的に追求された人形哲学、――これがベルメールの仕事のすべてなのだ。ベルメールがすぐれた挿絵画家として、とくにバタイユやサドの書物の挿絵を描いているのも偶然ではあるまい。黒いエロティシズム、恍惚と責苦のあいだに人間を位置せしめる悲劇としてのエロティシズムは、この三者においてまったく共通しているからだ。

十八世紀の牢獄文学者たるサド侯爵もまた、ベルメールのように、純粋に想像の世界で、女体をばらばらに解体したり、裏返しにしたり、そのレントゲン写真を撮ったり、屍体解剖したりするという、放恣《ほうし》な夢想に思うさま浸っていたのだった。

サドの作品の挿絵を描いたシュルレアリストには、ベルメールのほかにも、たとえばレオノール・フィニー、ジャック・エロルドなどの俊才が数えられるが、いみじくも『道徳小論』と題された、ベルメールの二色刷の十枚の銅版画集ほど、豪華なドラマティックな表現に達しているものは稀であろう。ジュスティーヌが一個の道徳的な人形であったように、この十枚の版画に現われる可憐な少女のイメージもまた、可能な限りのあらゆるエロティックな姿態をとることを強制された、画家の欲望から生まれたところの人形にほかならないのである。

人間のエロティックな解剖学的可能性を、快感原則によって再構成することが、ともするとベルメールのひそかな野心だったのかもしれない。そのために、ありとあらゆる肉体の変形に適応するような、理想的なファンム・オブジェとしての人形が要求されたのであろう。ベルメールの人形哲学によれば、女体の各部分は転換可能なのである。新しい性感帯を探求するために、その顔や手脚や下半身を別の秩序に並べ変えて、ベルメールは一つの肉体から、無限に複雑な存在の可能性を引き出すのである。

と同時に、ベルメールは独得のダブル・イメージの手法によって、一種のヘルマフロディトゥスを実現する。『道徳小論』にふくまれる作品のなかに、少女の股間の割れ目からペニスが直立しているイメージを発見して、奇異の念をおぼえられる読者があるかもしれない。しかしベルメールの哲学によれば、女体は単に女体であるだけでなく、この女体を欲望する男の思念をも反映していなければならないのだ。「汝」と「我」のあいだの垣根が取りはらわれて、両者が一つのイメージのなかで重なり合うのだ。

作者は好んで、このペニスと自己とを同一化しているのかもしれないし、さらに言うならば、このペニスをもった少女のイメージ自体が、作者の倒錯したナルシシズムの反映なのかもしれないのである。

すべての人形愛好家にとってと同じく、現代では稀な「呪われた芸術家」と称してよいベルメールにとっても、女はイヴのように男の内部から出てきた存在であり、無意識の近親相姦コンプレックスの対象であり、そしてまた、隠された強烈な自己愛の変形であったことは疑い得まい。

ベルメールの黒いエロティシズムの精神分析学的基盤に、私たちは、以上のごとき徴候を読みとるのである。

〔初出：「GQ」1972（昭和47）年9月号〕

ファンム・アンファンの楽園

詩人のジョルジュ・ユニェと画家のハンス・ベルメールが共同で製作した挿絵入り詩集『枝状に刻みこまれた流し目』は、一九三九年、パリのジャンヌ・ビュシェ書店から刊行された。ジャンヌ・ビュシェ書店は、もっぱら当時のシュルレアリストの作品を豪華本として刊行する書店だったらしく、マックス・エルンストの名高い『博物誌』(一九二六年)をはじめとして、マン・レイおよびエリュアール共著の『自由な手』(一九三七年)、ジョルジュ・ユニェのコラージュの本『さいころの第七の面』(一九三六年)などといったものを出版している。第二次大戦前の、シュルレアリスムの黄金時代と言ってよいかもしれない。

私が手にして眺めることのできた『枝状に刻みこまれた流し目』の一部は、巻末に限定番号が二二一番と記されている。一番から一〇番まではオリジナル・デッサンと著者の署名入り、一一番から三〇番までは署名入りと記されており、この二二一番は、写真凹版の印刷ということである。

縦一三センチ、横九・二センチの小型本で、桃色の表紙の上に白いレースの布がかぶせてあるのが、まことに洒落ている。こういうセンスは、日本の出版業者には望むべくもあるまい。サラーヌ・アレクサンドリアンが評して言ったように、たしかにこれは「宝石のような本」であろう。

ユニェの詩については、私には何とも言えない。読むのはどうも面倒くさいし、読んでもよく分らないにちがいない。一種の自動記述の詩であるから、もちろん内容を解説するわけにもいかないだろう。まあ、サラーヌ・アレクサンドリアンが述べているように「好奇心旺盛な食いしんぼうの女の子」の物語だと思えばよろしかろう。

女の子の物語であるから、ベルメールにはまさにぴったりである。ベルメールが挿絵を描いて初めて成功したのが、この作者三十七歳当時の『枝状に刻みこまれた流し目』なのであった。といっても、ここにはまだ、後年のベルメールの暴力的なエロティシズム、黒いエロティシズムを予感させるようなものはない。サドの作品や、バタイユの『マダム・エドワルダ』の挿絵に見られるような、あのエロティシズムの痙攣的な激しさは、ここにはないのである。

ベルメールのデッサンは、じつに繊細な筆致で、遊びたわむれる女の子たちの楽園を生き生きと描き出している。これは無垢な少女たちの楽園なのである。中世の彩色挿絵師の描く装飾模様のように、その精緻をきわめたデッサンは、本文の余白を美しく飾っている。

女の子たちは、いかにもお転婆娘らしく、樹のぼりをしたり綱渡りをしたりダンスをしたりしている。ディヤボロと呼ばれる、鼓の胴に似た形の独楽を、両手に持った糸の上で回転させて遊んでいる子もいる。鞠をついている子もいれば、片足スケートで走っている子もおり、輪まわしの輪にもたれかかっている子もいる。

そうかと思うと、アクロバットのように跳びはねている子もおり、ベッドの上や朝の食卓の前で、大胆な挑発的なポーズを示している子もいる。たぶん、これは大人になりかけの少女なのであろう。

一九三七年、ベルメールは木と鉄と混凝紙《こんくりがみ》とで、「恩寵に浴した機関銃」という、動くオブジェを制作しているが、それとよく似た奇妙なオブジェも、ここには描かれている。しかしよく見ると、この奇妙なオブジェには、髪の毛や乳房や臀があり、おまけに襞の多いスカートの断片も付属していて、これは明らかに女の子の変形であるということが分る。

この生き生きとした、自由奔放な、女の子たちの薔薇色の楽園を眺めて、シュルレアリストたちの愛する「不思議の国のアリス」やブルトンの憧れるファンム・アンファン（子供としての女）を想像するのは、私たちの自由であろう。そういえば、ベルメールは七十歳の老齢にいたるまで、一貫してファンム・アンファンを描きつづけた、稀有なる画家だった。

ファンム・アンファンとは何か。アンドレ・ブルトンは『秘法十七』のなかに、次のように書いている。

「ファンム・アンファンに感性の主権を返すのは誰だろうか。彼女自身にもまだ未知である彼女の反応のプロセス、ともすると急がしく気まぐれというヴェールに覆われがちな、彼女の意志のプロセスを明らかにするのは誰だろうか。それを明らかにするには、鏡の前で長いこと彼女を観察しなければなるまい。」

「私がファンム・アンファンを選ぶのは、彼女を別の女に対立させるためではなく、彼女のうちに、ただ彼女のうちにのみ、もう一つの視覚のプリズムが絶対に透明な状態で宿っているように思われるからであり、この視覚のプリズムは全く別の法則に従っていて、男性の専制主義はこれをどうあっても暴露すべきではないと思うからである。」

どうやらブルトンにとって、ファンム・アンファンとは、自然の化身であり、透視力をもった一種の巫女であり、愛の奇蹟を実現する妖精であり……要するに、詩そのものなのである。そして私には、ベルメールの描いた愛すべき女の子たちも、ことごとく、このファンム・アンファンの一族なのではないかと思われる。

ところで、この挿絵入り詩集『枝状に刻みこまれた流し目』の冒頭には、製作にたずさわった詩人と画家が、二人とも愛する女に献辞を書いている。すなわち、

「ジェルメーヌ・ユニェに」

「マルガレーテ・ベルメールに」

とある。

このマルガレーテという女は、ベルメールの最初の妻であり、この挿絵入り詩集の出る一年前（一九三八年）にベルリンで死んでいる。妻の死とともに、ベルメールはベルリンを去って

パリに移住し、パリのシュルレアリスト・グループと交際しはじめるのだが、その当時、まだ彼の心の悲しみは癒えていなかったのであろう。しかし、やがて彼の前には、ノラ・ミトラニ、ウニカ・テュルンなどといった新しい女が次々に現われるのである。もっとも、そのあいだには戦争という、ベルメールにとってもっとも困難かつ悲惨な体験が挟まれていた。

ブルトンによれば、かりにこれまで愛した幾人もの女の顔を記憶しているとしても、彼は「これらすべての女の顔のうちから一つの顔だけしか見出せない。すなわち、それは最後に愛した顔である」と。ベルメールにとっても、事情は同じだったであろうか。

〔初出：「GQ」1973（昭和48）年4月号〕

アリスあるいはナルシシストの心のレンズ

「少女とは人間の中で最も（あからさまに）性的でない存在であり、性をいちばん安全な場所にしまっている存在であるが、一切の性的なるものを、そのような少女の中に封じこめてしまいたいという願望こそ、ドジソンが少女に惹かれる大きな動機をなしていた」と書いているのは英国の批評家ウィリアム・エンプソン（「牧童としての子供」高橋康也訳）である。

私は、『アリス』の作者たる偏窟な独身者ルイス・キャロル氏の精神の秘密を白日のもとに暴き出した、これ以上に的確な評言を知らない。私もまた、エンプソンと同様、かねがね『アリス』のなかに、最も性的なものと最も純潔なものとの秘密の共存を愛してきた者のひとりだからである。

アリスとは、独身者の願望から生まれた美しいモンスターの一種であろう。その点で、アリスという少女は、ウンディーネやメリュジーヌのような妖精的、自然的な女（ユングのいわゆる危険な「アニマ」）の系譜に属するものと言うよりも、むしろ明らかにリラダンの創造したような、人工美女の系譜につながるものであろうと思う。

エンプソンはさらに書いている、「ドジソンは、ある意味では自分を少女(性的な安全性をもった)になぞらえ、ある意味では少女の父(性的なものを包含しつくすことによって少女が父となる)になぞらえ、ある意味では少女の愛人(つまり少女は母であることになる)になぞらえている」と。

これと全く同じ意味をもった男性の心のメカニズムを、私はかつて、たわむれに「デカルト・コンプレックス」と名づけたことがある。十七世紀の大哲学者デカルトが、その娘の死をふかく悲しんで、精巧な一個の自動人形をつくらせ、これを「わが娘フランシーヌ」と呼んで愛撫し、箱におさめて、どこへ行くにも一緒に連れて行ったという伝説から思いついた命名である。もっとも、このような人形愛を語る場合、父親は必ずしも現実に父親である要はない。死んだにせよデカルトには娘がいたが、ドジソンには最初から娘はいなかった。むしろ現実に父親たることを好まない、狂気じみた一種の幼児退行者的ナルシシストが、みずから現実の父親たる立場を拒否しながら、架空の父親に自己を擬するメカニズムを、私は「デカルト・コンプレックス」と呼びたいのである。

『アリス』論の最後に、エンプソンがポーの名前を出しているのは暗示的である。精神のタイプとして、私がドジソンに最も近いと思うのは、やはりエドガー・ポーとフランツ・カフカだからだ。むろん、ポーの破滅的な生き方と、ドジソンの几帳面ぶりとはまるで違う。しかし女に対する態度に、私は共通のものを見る。ポーは独身者ではないけれども、処女妻ヴァージニアを失っているし、もとより子供はない。ボードレールにもノヴァーリスにもプルーストにもカフカにも、いずれも子供がなかったということは、人間の文化創造ということを考える上で、かなり重大なことだと私は思うが、どんなものだろうか。

童話の女主人公はすべてそうであるが、アリスもまた、性に関する意識と無意識の中間の領域をさまよっている。アリスの幼年時代は終ろうとしている。おそらく、こうした危機感があればこそ、それだけアリスの少女らしい無邪気さは強調されるのだろう。いや、単にこれを無邪気さと言うだけでは足りない。時にアリスは小さな貴婦人のように、妙に大人っぽい分別を示したり、おしゃまなところを見せたりするが、それがまた彼女の魅力の大きな部分を占めているのだ。

ある面から見れば、作者たるドジソン自身の投影にほかならないのだから、アリスが頭のよい、誇り高い、知性と独立心のある少女であるのは当然でもあろう。

ここで、どうしても私が思い出さざるを得ないのは、もうひとりの二十世紀の少女崇拝者たる人形師ハンス・ベルメールである。「衣服などというものは捨ててしまえたらどんなにいいだろう。子供の裸体はじつに美しい」と手紙に書く数学教授ドジソン、少女の裸体写真を撮ることを最高の道楽としていた英国国教牧師ドジソンが、もしベルメールの可憐な少女人形を眺めたら、どんなに狂喜するかは想像するにあまりあろう。写真道楽と言えば、こうしたメカニズム愛好にも、どうやら私には性的な匂いがするような気がしてならない。要するにアリスは、ひとりの孤独な男の心のレンズに、逆さまに映った少女のイメージだったのだろう。

〔初出：牧神社『アリスの絵本』１９７３（昭和48）年〕

犠牲と変身——ストリップ・ティーズの哲学

私は前に、アンドレ・マルローの名著『ゴヤ論』を参考にしながら、プラド美術館の名高いゴヤの「裸体のマハ」の図が示している、いわば脱衣のエロティシズムとでもいったものについて私見を述べたことがある。

マルローの意見によれば、「裸体のマハ」は「着衣のマハ」と切っても切れない関係にあるものであって、ヴェネツィア派の裸婦などとは全く性質を異にしている。つまり、ヴェネツィア派の裸婦が最初から衣服をはねつけているのに対して、この裸体のマハは、今まで着ていた衣裳をかなぐり棄てたばかりの状態なのであり、だからこそ、その肉体がひときわ挑発的にエロティックなのだ、というのである。

私は、このマルローの卓抜な意見に、目のさめるような思いをするとともに、「着衣のマハ」と「裸体のマハ」とを二つ並べて提示したゴヤの非凡な着想に、あらためて讃嘆の念を禁じ得なかったものである。と同時に、このエロティシズムにおける着衣と脱衣の弁証法こそ、ゴヤの芸術を解く一つの重要な鍵になるものではあるまいか、と考えた。というのは、脱衣のエロティシズムということから、私はただちにジョルジュ・バタイユの言葉、性愛の行為と犠牲とを比較した言葉を思い出していたからである。

バタイユによれば、衣服を剝ぎ取るということは、二つの個体のあいだの交流のために道をひらく、エロティシズムの遂行における「決定的な行動」なのだ。すなわち、「裸にするということは、それが十全の意味をもつ文明の見地から眺めるならば、殺人の代用物とは言わぬまでも、少なくとも危険性の少ない殺人の等価物なのである。古代においては、エロティシズムの基礎となる剝奪（あるいは破壊）という行為は、かなり目立っていたので、性愛の行為と犠牲との類似は容易に証明することができるほどであった。」（『エロティシズム』）

もちろん、エロティシズムの遂行においては、女性パートナーが犠牲者の役割を演じ、男性パートナーが犠牲執行者の役割を演ずるわけである。女性パートナーを裸体にすることによって、正常な状態における閉ざされた人間関係の秩序が乱れ、男と女のあいだに交流の状態が生じることになる。これがエロティックな欲望の状態である。

ゴヤの裸体のマハは、べつに男性パートナーによって衣服を剝奪されたというわけではなく、おそらく自分で脱衣したものであろう。その点では、ストリップ・ティーズの演技者の場合と同様である。しかし男性の目にさらされながら脱衣するということは、エロティシズムの文脈においては、衣服を剝奪されることと本質的にほとんど変わらないだろう。この場合、男性の視線は明らかにサディスティックであり、私はそこに、ゴヤの芸術の重要な要素と繫がるものを見たと思ったのである。

私がここで言いたいのは、しかしゴヤの芸術に関してではなく、バタイユの文章にあるような、性愛の行為と犠牲との類似ということに関してである。ゴヤの問題を離れて、もっぱらストリップ・ティーズの問題に焦点をしぼろう。

ストリップの演技者が自分で衣服を脱ぐ場合も、あるいは他者に脱がされる場合も、本質的には変わりがないと私は書いたが、これについては面白い例がある。アラン・ロブ=グリエの小説『快楽の館』のなかに、香港のいかがわしい社交クラブで演じられるストリップ・ティーズの場面が出てくるが、このストリップの演技者は日本人の少女で、彼女は犬に衣服を剝ぎ取られるのである。その一部を次に引用してみよう。

「そのために特別の訓練を受けた犬が、囚われの娘を完全に裸にしなければならないのだ。侍女が、綱を握っていない方の手で指示すると、犬は襞のあるスカートに狙いをさだめ、その牙で衣服を引き裂き、最後の絹の三角形しか残らなくなるまで、衣服をずたずたにして剝ぎ取ってしまうわけだが、しかし肌は傷つけない。」

「プロジェクターのライトは、束をなして犬の頭に集中し、犬が仕事にとりかかっている部分——腰や肩や胸の部分——をとくに明るく照らし出す。侍女は綱をひっぱるようにして犬を操り、ストリップのとりわけ装飾的な段階——つまり新しい表面が視線にさらされたり、衣服の布地がうまく偶然に引き裂かれたりするような——に達したと判断するたびごとに、編み革の綱をひっぱって、鞭の一撃のような鋭い声で、短く『こっち！』と呼ぶ。すると、犬は残念そうに、うしろに引き下がって暗闇のなかに没する。そのあいだ、囚われの娘に当てられていたライトは大きく広がり、彼女はこのとき観客に向けていた身体の側を、顔から背中まで、その全体において鑑賞に供するというわけだ。」

「視線の文学」と言われているように、ロブ＝グリエの描写は即物的で正確であり、私たちはあたかもストリップの観客のように、サディスティックな眼ざしとともに、少女の衣服剝奪のシーンに立ち会わされることになる。少女はこの場合、明らかに犠牲者の役割を演じているが、一方、犠牲執行者の役割を演ずるのは、特定の男性パートナーではなく、人間でさえないのである。つまり犬なのだ。この犬は、むしろ不特定多数の男性の観客を代表している、非人称の存在だと考えた方がよいだろう。ストリップ・ティーズにおいては、たとえ演技する女がひとりで脱衣するとしても、男性の観客を代表するこの非人称の存在に、じつは衣服を剝奪されているという場合が多いのである。というよりも、演技する女はひとりで犠牲者と犠牲執行者の役割を兼ねているのだ、と言うべきかもしれない。

一九三四年生まれだから当年三十九歳、前衛劇や映画にも出演して批評家の絶讃を博している、インテリ・ストリッパーとして名高いフランスのリタ・ルノワールが、次のように述べているのは興味ぶかい。

「ストリップとは、何よりもまず一つの儀式であり、観念によって肉の交流を実現することを目的とした、一つの儀式なのです。脱衣する女は、犠牲執行者であるとともに犠牲者であり、誰の手にも委ねられていると同時に、また誰も手を触れることのできない存在なのです。」(『ストリップ・ティーズの歴史と社会学』より)

さすがにインテリ・ストリッパーのことだけあって、リタ・ルノワールの意見は、期せずして私の意見と一致しているようだ。たぶん、彼女はバタイユなども読んでいるのにちがいない。

ただ、ストリップが一種の儀式であり、ストリップの演技において性愛と犠牲とのアナロジーが実現されるという、彼女の意見が真実であるとしても、両者のあいだに横たわる重大な違いは、これを正しく認めておくべきだろうと思う。それは何かと言えば、ストリップにおいては、性的欲望も犠牲も最後まで貫徹されず、中途で挫折するということである。観念はついに肉の交流を実現しないのである。今日の日本各地に見られるような、いわゆる「特出し」というストリップが邪道であって、本来のストリップが、完全な裸体を見せるかと思われる一瞬、ぱっと舞台のライトを消して、演技者の姿を闇のなかに没せしめてしまうといったような形式のものであることは、わざわざお断わりするまでもあるまい。正統的なストリップは、そうした意味で、永遠に目的に到達し得ないエロティシズムの絶望的な性格を、忠実になぞっているのである。

ストリップ・ティーズの「ティーズ」とは、「悩ます、じらす」といったほどの意味であるが、たしかに、ある面から見れば、ストリップは欲求不満の状態をつくり出す見世物である、と言えるかもしれない。もっとも、そういう面から眺めれば、映画やヌード写真をもふくめた、あらゆる視覚的なエロティシズムの媒体が、大衆のフラストレーションの根源であると言えなくもなかろう。

この人間の性的刺激を伝達する感覚のなかでも、圧倒的に優勢な地位を占める視覚の働きというものが、ストリップの魅力を成立せしめる基盤であるということに関しては、誰しも疑う余地があるまい。

「ストリップ劇場が急増し、性的抑圧も抑圧からの解放も、ともに商品化された」とロー・デュカが述べている、「ストリップ・ティーズは、いわば窃視症にかかった現代社会の象徴であって、漠然たる刹那的刺激と、単なる瞼の運動にまで退化した視線とをもって、実際の行為の代行をしようとするものである」と。(『エロティシズムの歴史』)

現代社会の風俗やマス・コミュニケーションが、印刷術や写真術の発達に伴って、ますます視覚の働き、イメージの必要性を強く意識しはじめてきたことは、すでに多くの論者によって指摘されているところである。見る欲望、眼のエロティックは、すでに現代社会で、ある程度まで公認された欲望とさえなっている。ストリップは、こうした窃視症的な現代社会に咲いた、不毛な徒花のようなものだと言えば言えるかもしれない。

私は前に、エロティシズムにおける着衣と脱衣の弁証法ということを述べたが、この逆説的な関係は、ストリップにおける性的抑圧と抑圧からの解放についても、同じように成立するはずのものだと思う。いかに劇場内におけるストリップの露出度がエスカレートしたとしても、それが性的抑圧からの解放を少しも意味しないことは、ちょうど脱衣のエロティシズムが、着衣のそれによって緊密に保証されていることに等しいのである。最初から衣服をつけていないヴェネツィア派のヴィーナスよりも、衣服を脱いだばかりの「裸体のマハ」の方がエロティックなのである。同様の理由によって、ヌーディスト・キャンプでは、おそらくストリップ劇場は興行として成立しないにちがいない。裸体が正常のものではなく、あくまで変則的なものである限りにおいて、ストリップの魅力は保証されているのだ。とすれば、ストリップの露出度の高まることが、性的抑圧からの解放などと直接的に何の関係もないことは明瞭であろう。むしろ露出度の高まりは、ストリップの危機を招くものにほかなるまい。

衣服をつけている女は、まさしく日常的世界の女であるが、男の視線にさらされながら、音楽の伴奏に合わせて、悩ましげな姿態を繰り返しつつ、一枚一枚、少しずつ衣服を脱いでゆく女は、すでに個人としての女ではなく、単なる肉体としての女に移り変わろうとしているのである。これが前に述べた、日常的な状態からエロティックな欲望の状態への移行であり、女を眺めている観客の立場からすれば、これが女を単なる肉体として存在させようとする、一つのサディスティックな試みということになるのである。このサディスティックな視線の欲望は、少なくとも意識的にストリップを楽しもうとする、男の観客ひとりひとりの心の奥に、ほぼ確実に存在するものではないかと私には思われる。

だから、観客の欲望を一身に集めた、この女の肉体の熱っぽいメタモルフォーシス（変身）の時間を適度に長びかせるのが、エロティックなパントマイムを演ずるストリッパーの技術なのであって、その変身の時間は、短かすぎてもいけないし、また長すぎてもいけないのだ。昆虫の変身のように、この女の変身もたえず神秘な期待をいだかせなければならない。期待が先へ先へと延ばされるにつれて、神秘も肉体の奥へ奥へと後退する。しかも、期待は期待のままで終わらせなければならないし、神秘は神秘のままで、余韻を残して中断させなければならないのである。それには、完全な裸体を惜しげもなく見せることは慎しむべきだろう。「最後の絹の三角形」が、ライトの消えた闇のなかで、観客の瞼の裏に残像として焼きつくようでなければならないのだ。

窃視症にかかった現代社会の徒花とは、ともすると、この闇に浮かぶ神秘な三角形の残像のことかもしれないのである。

最後に私が指摘しておきたいと思うのは、ストリップを演技する女が、あらゆる舞台芸術の出演者と異って、見えない厚い壁に囲まれた、濃密な孤独の空間に押しこめられているということだ。ミュージック・ホールの舞台で揃って脚を上げるライン・ダンスの踊り子とは、その点で、ストリッパーは完全に対照的なのである。

スポット・ライトに照らされた舞台の上のストリッパーは、むしろ繭のなかの昆虫に似ているような気がする。孤独のなかで、苦しげに、歓ばしげに、彼女は変身しようと身をもがくのである。それは言葉を変えれば、犠牲者と犠牲執行者とに分裂した、彼女自身の存在の二重性のせめぎ合いということかもしれない。

〔初出：「新劇」1973（昭和48）年9月号〕

幻想文学の異端性について

誰の言ったことか忘れたけれども、「恋愛とは二つの皮膚の接触である」という皮肉な意見がある。いや、必ずしも皮肉ではあるまい。握手から接吻へ、接吻から抱擁へと、事実、接触の度合いはだんだん深まり、さらに深い内部を求めていく。性行為は、考えられるかぎり、最も深い内部への到達点であろう。残念ながら、二つの人間存在は皮膚を破って外界へ噴出し、互いに渾然と融合するわけにはいかないから、せいぜい突起物を凹所に嵌入《かんにゅう》するぐらいのところで満足しなければならぬ。ところで、奇妙なことは、この二人の恋人同士のめざす、肉体の最も深い親密な内部と見なされている場所が、同時に肉体のなかで最も不浄な場所と考えられているということであろう。このことについては、すでに聖アウグスティヌスが苦々しげに、「私たちは糞と尿のあいだから生まれるのだ」と述べているのを私たちは知っている。……

私がなぜこんなことから書きはじめたのかというと、ほかでもない、恐怖とか幻想とかを扱った文学について述べんがためであった。ジョルジュ・バタイユが『エロティシズム』のなかで断言しているように、「屍体に対していだく恐怖は、人間の源泉としての下腹部の排泄に対して私たちがいだく感情に近いのであり、恐怖の感情は、私たちが猥褻と呼ぶ肉欲的なものを眺めた場合のそれに似ている」のである。それは一言で申せば、目をそむけさせながら惹きつけるということであり、反撥と誘引のアンビヴァレンツを生ぜしめるということなのだ。性的な征服とは、肉体のいちばん内部のいわゆる「恥部」にまで到達することであり、幻想の探求とは、そのまま恐怖の中心への旅である。恐怖もまた、私たちにとって、精神的な一種の「恥部」であると言うことができよう。涙を見せることを私たちはそれほど恥ずかしいとも思わないが、恐怖の表情を浮かべた瞬間を、他人に見られるのはきわめて不快であるにちがいない。

現在では、マスコミの異常な発達により、推理小説も怪奇小説も広範な読者層に迎え入れられているとはいうものの、かつては江戸川乱歩を読むことさえ、なんとなく後ろめたい気分に誘いこまれるような、ある種のプチ・ブル的教養主義が、社会の一部に厳然と支配していたことを思ってもみるがよい。私たちは少年時代、ポルノグラフィーを読むような秘密めいた楽しさで、かくれて乱歩を読んだものであった。殺人や悪徳や恐怖の物語を好んで読むことは、真面目な人間のなすべきことではなかったのである。こうした傾向は、かつては学問の分野にも及んでいて、たしかにフロイトの言うとおり、「概して美学の精密な研究は、矛盾した、厭わしい、苦痛なものよりは、美しく、壮大で、魅力的な、したがって積極的な種類の感情や、その条件や、その対象などにばかり向けられていた」(「無気味なもの」)のである。

しかしゲーテはファウストに、次のように叫ばせている。

戦慄は人間の最も深い精神の部分だ。
いくら世間が戦慄を忘れさせ、人間を無感動な生きものにしようとも、
戦慄に打たれた人間こそ、途方もないものを深く感じとることができるのだ。

性的欲求が肉体のなかの深さを求めるように、幻想の欲求も深さを求める。ゲーテに言わせれば「途方もないもの」だ。それは意識の深層、潜在意識と言ってもよいであろうし、日常的な生に対応しているという意味で、死と呼んでも差し支えないであろう。死はまた、過去と言い変えてよいかもしれない。過去は単に歴史の彼方であるばかりでなく、また母胎の彼方の記憶、「母たち」の国の記憶でもあるだろう。

幻想とは、かように「彼方からやってくるもの」である。ロジェ・カイヨワが定義したように、「現実のなかへ不可能が闖入してくること」(『幻想文学選集』の序文)である。たとえば、深海に棲む怪魚が海中から釣り上げられても、私たちは別だん不思議とは思わないが、その同じ怪魚が突如として、地上三十六階の高層ビルの窓から飛びこんでくれば、私たちはこれを不思議と思わざるを得ない。同様に、狂人や神秘家が幻覚を見ても不思議はないが、健全な理性を自他ともに認めている人間が、この幻覚に参加したとすれば不思議である。いや、

単に不思議であるだけでなく、そこには不吉なもの、無気味なものがあるだろう。幻想は、したがって、単に非合理的な事象と言うだけでは十分ではなく、私たちが認めている現実の否定、私たちが認めている事物の秩序の攪乱《かくらん》でなければならないのである。

私は今まで、異端という言葉を使うことを故意に避けてきたが、もし幻想に否定とか過剰とかいった意味があるとすれば、幻想文学をただちに異端の文学と呼んだとしても、たぶん、それほど不都合なことはあるまいと思う。申すまでもなく、もともと宗教上の概念として、正統と相関的な関係にある言葉でしかなかった異端は、かりに否定の意味をふくむとしても、決して正統の相互否定的な対立概念ではありえない。しかし名高い『バロック論』の著者エウヘニオ・ドルスが、古典主義美学に対立するバロックを「汎神論」あるいは「異端」と呼んだような意味で、古典主義的リアリズム文学に対立する幻想文学を異端と呼ぶことは許されるのではあるまいか。「異端が存在することは必要である」とドルスは主張している。

現在、私たちは、今述べたエウヘニオ・ドルスや、ロベルト・クルティウスや、グスタフ・ルネ・ホッケなどといった学者たちの労作のおかげで、いわゆる異端の幻想文学（正しくはバロック文学、マニエリスム文学と言うべきだろう）が、華々しい復活をとげ、ほとんど正統の位置に取って代わりかねまじい有様になってきていることを知っている。決して日本だけの特殊な現象ではなく、これは世界的な趨勢なのである。ドルスが大胆にも述べたように、バロックがあらゆる時代と文明の根底に、古典主義と対立して存在する人間精神の「常数」だとすれば、私たちはこのバロックを、洋の東西を問わず、一切の時代、一切の地域の精神活動に適用することが可能となるわけであり、むろん、日本文学や日本美術の現実に適用しても一向に差し支えないはずだろう。たとえば宗達《そうたつ》の屏風絵などに、私は日本的バロックの最も豪奢な達成を見たい。

同様にして、私たちはまた、上田秋成とヴィリエ・ド・リラダンを、平田篤胤《あつたね》とアタナシウス・キルヒャーを、平賀源内とシャルル・クロスを、泉鏡花とE・T・A・ホフマンを、折口信夫《しのぶ》とウォルター・ペイターを、牧野信一とジェラール・ド・ネルヴァルを、稲垣足穂とダンセーニ卿を、それぞれ並べて論じることも可能となるのである、いまや、そういう時代がやってきたと考えるべきだろう。

〔初出：「解釈と鑑賞」1973（昭和48）年2月号〕

東西春画考

世界に冠たる日本の浮世絵のエロティシズムに匹敵するような、ヨーロッパのエロティック美術の典型的な傑作を探すとなると、私たちは、はたと当惑せざるを得ない。様式の相違もさることながら、少なくともキリスト教以後のヨーロッパ美術では、おしなべてエロティシズムなるものは、それが要請する形而上学（悪魔崇拝《サタニズム》の形而上学）と切っても切れない関係にあり、この関係が、神と原罪のない国であるところの日本の浮世絵のエロティシズムとは、おそらくまったく違ったニュアンスを醸成する根本原因となっている、と考えられるからである。

最初から野暮な理窟を言うようで恐縮であるが、たしかに日本の伝統には、絶対者としての神の観念もないし、また原罪の観念もないのである。ところで西洋人にとっては、あの中世のトリスタン伝説以来、禁を破るということが快楽の条件であり、ヨーロッパのエロティシズムには、反宗教としての悪魔崇拝が緊密に結びついていた。たとえば十九世紀末の春画作者として最も名高いベルギーのフェリシアン・ロップス、オーストリアのフランツ・フォン・バイロス、英国のオーブリ・ビアズレーなどといった画家の作品を眺めてみるがよい。

この三人は、むしろ幕末の大蘇芳年《たいそよしとし》などと同時代を生きた画家であるが、いずれの画家の作風にも、何か神経症的とでも呼びたいような、暗い傾向がはっきり認められるのだ。それは罪と苦悩の影と言ってもよかろうし、サド＝マゾヒスティックな趣好と言ってもよろしかろう。むろん、これは彼ら三人の特異な芸術家の個人的な資質のためもあろうが、そればかりではなく、文学その他の芸術をも含めて、そもそもヨーロッパのエロティシズムの本質が、そのような傾向に走りやすい要素をもっているのだ、と考えて差支えあるまい。

アーサー・シモンズはビアズレーの芸術について、「ここにこそ私たちは、美しい形で現われた一種の抽象的な精神の腐敗、つまり、美によって変形された罪を見るのである。ここにこそ、強烈に精神的な一つの芸術、悪がその強烈さによって、悪を変形する美によって、みずからを純化するところの一つの芸術があるのだ」と語っているが、このような悪と美の弁証法、悪魔崇拝の形而上学は、あの日本の初期および黄金時代の浮世絵の自由奔放な明るさに満ち満ちた世界においては、まったく無縁のものと言わざるを得ない。わずかに末期デカダンス時代の嗜虐的な諸作品に、そうした方向への萌芽が認められるという程度であろう。

周知のように、『サロメ』に代表されるビアズレーの芸術は悪魔的であり、倒錯的であって、そういう要素を抜きにしたら、その作品世界のエロティシズムは成り立たないのである。『リューシストラテー』の異教的題材を扱っても、その事情は変らない。このことは、黒ミサ風の祭儀的なエロティシズムを好んで描く、フェリシアン・ロップスについても言えるだろうし、ルイ王朝風の貴婦人の閨房におけるサディズムやレスビアニズムを偏愛する、フランツ・フォン・バイロスについても当てはまる。バイロスの春画には、ローマ趣味や支那趣味のエキゾティシズムも現われているが、やはりそこに濃厚な倒錯の味が漂っていることに変りはない。

おもしろい例をあげよう。——フランス十八世紀のロココ時代の春画によく描かれているが、貴婦人が男とたわむれている部屋の物陰に、男根を直立させた小さな悪魔がひそんでいて、彼らの秘戯をこっそり眺めているという図がある。いわゆる豆右衛門の趣好であるが、日本の春画のそれのような無邪気さはない。あるいはまた、懺悔聴聞僧が貴婦人の告白を聞きながら、ひそかにマスターベーションにふけっているという図や、犯した罪の懲戒のために、坊主が若い修道尼の露出した臀を鞭打っているという図がある。宗教と性的倒錯との関係を、これほど明瞭に示しているものはあるまい。日本の春画にも坊主や尼僧は出てくるが、彼らが宗教的タブーを犯しているという意識があるようには、あまり感じられない。こんなところにも、日本とヨーロッパのあいだのエロティシズムの観念の相違は、かなり際立って読み取れるのではあるまいか。

現代でも、たとえばクロヴィス・トルイユ（この画家は広告用のマネキン人形製作者でもある）のような異色の画家が、宗教に対する冒瀆を主題としたエロティックな絵をよく描いている。頭巾をかぶった二人の若い尼僧が、法衣をまくり上げ、太股をあらわにして靴下を直しており、その傍らに、ペニスの形をした蠟燭が立っている。あるいはまた、教会の告解所の前に、張り切ったお臀を突き出した、ミニスカート姿の現代風の娘がひざまずいている。そのほか、黒ミサや吸血鬼や墓場などを描いた、ネクロ＝サディズム的な倒錯を主題とした絵もあって、エロティシズムとは言っても、やはりデカダンな暗い感じは否定すべくもない。

もう一つ、ヨーロッパにおいては、このエロティシズムが、社会諷刺と現実暴露の機能を果すということがあった。これも忘れてはならない特徴であるとともに、日本の浮世絵師の現実肯定的な大らかさとは、あまり縁のない態度であろう。エドゥアルド・フックスが古代から近代までのエロティックなカリカチュアの膨大なコレクションを発表したのも、そういう機能を信じてのことだったと思われる。イギリス十八世紀のホガースやトマス・ロウランドソンのような諷刺画家が、早くから風俗研究の一環としてエロティックな絵を描いているが、こうした傾向は、二十世紀初頭のドイツ表現派に属するオットー・ミュラー、ゲオルゲ・グロッスなどに受け継がれているようだ。

この現実暴露ないし社会諷刺をもくろむ画家たちと、前に私が述べた「悪の美」を描く画家たちとを、軽々しく混同してはなるまい。現代でも、シュルレアリスムの系譜につながるレオノール・フィニー、ハンス・ベルメール、スワンベルクなどの画家は、どちらかと言えば後者に属する純粋芸術派と称してよいだろう。先に述べたクロヴィス・トルイユも、もちろん同じ系列に属する。そして、この派の大先輩として、とくに私があげておきたいと思うのは、ブレイクに影響をあたえたと言われる十八世紀のスイスの画家ハインリヒ・フュスリの名前である。彼が鉛筆と水彩で描いた春画を、私はクロンハウゼン主宰のエロティック・アート展の二冊本の画集ではじめて見たが、それらは、いかにもフュスリらしい夢魔的な雰囲気にみちた、しかも優雅な女たちの痴態であった。

過日、斯界の権威である渋井清氏のお宅へ伺って、貴重な浮世絵秘画の数々を見せていただいたとき、私が最も心を動かされたのが、歌麿の代表作ともいうべきシリーズ「歌枕」のなかの、全身毛むくじゃらの大男に犯されようとしている、島田髷の若い娘の抵抗の図であったのは、これもまた、私が長いことヨーロッパ風のエロティシズムの観念に親しんできた（あるいは毒されたというべきか）人間であるためだろうか。

この絵のなかで、眉を吊りあげ、きかぬ気らしい顔をして、大男の腕に噛みついている若い娘の下半身は、大男にひんむかれて、すっかり露出しているが、そのヴィナスの丘は、まだ少女らしく固い蕾のようで、恥毛さえ生えてはいないのである。しかも、そのヴィナスの丘の下方に、あたかも印刷記号のアステリスク（星じるし）を思わせる、糸でくくったような、可愛らしいアヌスの形が描きこまれているのを発見して、私はなんだかひどく嬉しくなった。

「枕絵に女の肛門を描かざるは、西川祐信《すけのぶ》よりこの方なりと、山岡明阿の話なり」と蜀山人《しょくさんじん》の『俗耳鼓吹《ぞくじこすい》』にあるそうだが、歌麿はたしかに肛門を描いているのである。

同席していた野坂昭如氏を顧みて、「このアヌス、じつに可愛らしいね」と私が小声でささやくと、いかにも感に耐えずといった風に、野坂氏も、「うん」と答えてくれたのであった。

〔初出：「芸術新潮」1972（昭和47）年3月号〕

セーラー服と四畳半

サド裁判の被告になって以来、「ワイセツとは何か」といったような質問に、私は何十回となく解答を要求されて、いい加減うんざりしてしまった。べつにワイセツの専門家でもなく、朝から晩までワイセツのことばかり考えているわけでもないのに、ジャーナリストは情容赦もなく、私に千篇一律の質問を浴びせかけてくるのである。

本当のことを言ってしまえば、ワイセツとは大へん結構なものであって、これがなければ、人類はとっくの昔に滅びていたのではないかと思われる。なるほど、犬や猫の世界にはワイセツはない。人類だけが、性的欲望を洗練させて、エロティシズムの世界を確立したのである。

それでは、エロティシズムとワイセツとはどう違うのか。これは簡単なことで、いわゆる良風美俗に反するような、強烈なエロティシズムを便宜上、社会がワイセツと呼んで卑しめているだけのことである。

今日のように、良風美俗の規準がはっきりしない社会ではワイセツの規準も曖昧にならざるを得ない。いや、そんなことよりも、いわゆる良風美俗を敵としなければならない私たち文学者にとっては、時と場合によっては、ワイセツと手を結ぶことが必要とされるのである。それだけのことである。

それはともかく、現在の私にとって非常に気がかりなのは、今の若い人たちが、果してワイセツというものを理解しているのだろうか、ということである。

先日も、野坂昭如氏と対談した折に、そのことが話題になったのだけれども、たとえば今の若い人たちが、私たちと同じような中年の年齢に達した時に、彼らは果して、女学生のセーラー服にワイセツ感をおぼえるだろうか。

もし彼らが中年になっても、女学生のセーラー服に少しもワイセツ感をそそられないとすれば、これは重大問題である。そうなったら、文化財保護委員会みたいなものをつくって、とくにワイセツと認定されたものを、保存育成しなければならなくなるであろう。

あたかも私たちが美術館で、ガラス・ケースのなかの古陶器を眺めて、何とかして美的感動に浸ろうと努めるように、彼らもまた、ガラス・ケースのなかに陳列されたセーラー服や黒い靴下を眺めて、油汗を流しながら、何とかしてワイセツ感を惹起せしめようと懸命になるであろう。

ところで、問題の『四畳半襖の下張』であるが、これは現在の私にとっては、まことに残念ながら、あまりワイセツなものではなくなってしまっている。少なくともセーラー服よりはワイセツではない。金阜山人《きんぷさんじん》の名文にケチをつけるつもりは毛頭ないが、どうも、あんまり正攻法で、あんまり正常すぎるような気がするのである。

最後に袖子が「おつかれ筋なのね」と言って、フェラチオをするシーンがあることはあるが、「一きは巧みな舌のはたらきウムと覚えず女の口中にしたたか気をやれば……」などといった描写は、やはり一種のマナリズムで、ワイセツからは遠いような気がする。太平記の道行文を暗誦するように、私はほとんど暗誦できそうな気がする。

というのは、要するに現在では、それだけフェラチオが一般化して、その技術も進んだということなのかもしれない。かつてはフェラチオという行為を筆にするだけで、すでに良風美俗に抵触するような趣きがあったのに、現在では、実生活においても文学作品においても、この行為は頻出するのである。

もっとも、こんな私の文章を金阜山人が読んだら、「やれやれ、今の若い者は無粋で困る」と慨嘆するかもしれない。

野坂昭如氏は今度の裁判で、「現在の普通人に果して『四畳半』が読めるか」という点に論争の焦点をしぼるそうであるが、たしかに『四畳半』の冒頭の前がきに出てくる「今年曝書《ばくしょ》の折……」という言葉ひとつ取ってみても、現在では「曝書」という習慣は全く行われていないし、字引を引かなければ、若い人には何のことかさっぱり解らないであろう。さても嘆かわしいことである。

〔初出：「面白半分」1973（昭和48）年10月号〕

インセスト、わがユートピア

「あなたはどうして子供をつくらないのですか」と質問されたとき、私は笑いながら、次のように答えることにしている。

「かりに私たち夫婦のあいだに、男の子が生まれたと仮定しましょう。そうすると、やがて母親（つまり私の妻）の愛情は、私から離れて、男の子の方に移ってしまいます。エディプス・コンプレックスの原則を持ち出すまでもなく、子供もまた、いつしか父親（つまり私）を疎んじて、母親の側に立つようになるにちがいありません。これは、私には堪えがたいことなのです。また逆に、私たち夫婦のあいだに、女の子が生まれたと仮定しましょう。そうした場合、私はほとんど確実に、妻をほっぽらかして、妻よりも若い娘の方に、自分の愛情が移って行くだろうと断言することができます。いや、笑いごとではありません。もし事情が許せば、私は娘と近親相姦の罪を犯すことにもなりかねないのです。これでは妻があまりにも可哀そうではありませんか。私は妻を愛しておりますから、かかる事態は避けたいと考えます。それに、私にしたところで、娘に対して悶々の情をいだきつつ、みすみす知らない若い男に娘を引き渡さねばならない運命に堪えるなんて、真っ平ごめんですね。」

右のような意味のことを、私はせいぜい冗談めかして言うのであるが、じつは決して冗談ではなく、これは私の心の底から発したところの、いわば信仰告白ともいうべき、偽らざる本心の表白なのだ。

かつて私はユートピアについて論じたとき、「ユートピアなるものは、なるべく私たち自身の手の届かない永遠の未来に、突き放しておくべきものであって、安直に手に入るようなテクノクラシーのユートピアは、真のユートピアとは似て非なるものだ」と述べたことがあるけれども、私にとって、私自身の「娘」とは、まさにこのユートピアにも等しいものなのである。それは、この世に存在してはならないものなのである。存在するとすれば、日常の秩序から離脱したユートピアにおいてのみであり、このユートピアにおいては、むろん、近親相姦の甘美な夢をいかほど放恣に満足させようとも、何らの障害も起り得ないものであることは申すまでもない。

もっとはっきり言うならば、私にとって、娘という存在は、近親相姦の対象にするためにのみ存在価値を有するものであって、近親相姦の禁じられている現実の世界では、娘をもつことの意味は全くないのである。娘と近親相姦とはぴったり重なり合う概念であって、現に娘をもちながら、近親相姦を行わないということは、現に自動車をもちながら、ガレージにしまいっ放しにしておいて、自分では全くこれに乗らないことに等しいのである。この社会で、自家用車に乗ることが禁じられているというのに、どうして自動車を所有（ないし生産）しようという欲求が起り得ようか。私には理解しがたいことである。

世間には、それでも私のように徹底したユートピア主義者はきわめて少ないらしく、御苦労さまにも、自分では乗れない自家用車を何台もガレージにしまっておいて、結局、最後には、自動車泥棒に次々に掻《か》っぱらわれるがままになっている父親も多いようである。そもそも父親とは、そういう気の毒な存在なのである。

考えてみれば、ずいぶん可笑しなことではないだろうか。自家用車には乗ってはいけなくて、他人の家の車には乗ってもよい、というのが、この社会の一般的な道徳として広く認められているのだから。——

ここで、さきほど私の提出した「近親相姦＝ユートピア」論というのを、もう少しくわしく説明してみよう。

お断わりしておくが、この「近親相姦＝ユートピア」論は、必ずしも私だけの専売特許というものではない。父と娘のそれとは異るけれども、今世紀のオーストリアの大作家ローベルト・ムジールが、その大長篇小説『特性のない男』の第三部を「愛の千年王国」と題して、そこに兄と妹との近親相姦を美しく描き出したことは、文学好きの読者なら先刻御承知であろう。あらゆる可能性の極北を探索せんとする執拗な意志に憑かれたムジールにとっても、近親相姦の成立する世界は、日常の秩序から解き放たれた、時間の停止した、永遠の憧憬としての一つのユートピアにほかならなかったのである。

近親相姦が一つのユートピアにほかならないということは、このように、これを描いた文学作品を通して眺めてみるならば、私たちにもただちに納得されることである。二、三の例をあげてみよう。

夢野久作の『瓶詰の地獄』を見るがよい。これは、絶海の孤島に漂着した兄妹の相姦であるが、この相姦の行われる舞台が島であるということは暗示的である。トマス・モア以来、古来のユートピアの多くが、外界から隔絶された島として描かれてきたことは、いまさら私が断わるまでもないからだ。

野坂昭如の『骨餓身峠死人葛《ほねがみとうげほとけかずら》』も、一般社会から隔絶された北九州山中の炭坑部落を舞台として展開される、兄妹、父娘、母娘の複雑な相姦を描いているが、これもまた、一つの小さな共同体、一つの島としてのユートピアであろう。

戯曲『熱帯樹』において、やはり兄妹の相姦を描いた三島由紀夫は、みずから次のように書いている。

「それはそうと、肉欲にまで高まった兄妹愛というものに、私は昔から、もっとも甘美なものを感じつづけてきた。これはおそらく、子供のころ読んだ千夜一夜譚の、第十一夜と第十二夜において語られる、あの墓穴のなかで快楽を全うした兄と妹の恋人同士の話から受けた感動が、今日なお私の心の中に消えずにいるからにちがいない。」

ガストン・バシュラールの『大地と休息の夢想』を読めば、墓穴や洞窟が子宮のアナロジーであり、保護された隠れ家としてのユートピアであることは、ただちに明らかになるだろう。このことと直接関係はないが、千夜一夜譚には、エロティックな象徴が数限りなく発見されるということも、ついでに書き添えておこう。

ジョン・アプダイクは、ウラジーミル・ナボコフを論じた文章のなかで、「強姦は下層階級の、姦通は中産階級の、近親相姦は貴族階級の性的罪悪である」と述べているが、これもおそらく、その環境から説明されるにちがいない。むろん、彼らが自分たち一族の血を何よりも誇りに思っていたということが、彼らをして、こうした行為に赴かしめる心理学的な原因ではあったろう。しかし地方の貴族のシャトー（城館）こそ、禁じられた快楽を世間の目から隠す、恰好な防壁だったのである。現在でも言えると思うが、十六世紀のイタリアのチェンチ一族の悲劇のごときは、こうした環境があって初めて起り得た悲劇ではあるまいか。同じ時代のローマのボルジア家、リミニのマラテスタ家でも、史家ブルクハルトによれば、近親相姦は頻々《ひんぴん》と行われていたという。

これと関連して、ロマン主義詩人の過剰な想像力からも、ユートピアとしての近親相姦の観念の胚胎する必然性があるらしいことを、忘れずに指摘しておこう。詩人バイロンとその姉オーガスタ、ワーズワスとその妹ドロシー、シャトーブリアンとその姉リュシール、さらに哲学者ニーチェとその妹エリザベートなどの、兄妹あるいは姉弟の相姦的関係は、天下周知の事実と言ってよい。そして彼らはいずれも、精神的な貴族だったのである。三島由紀夫が兄妹愛に、もっとも甘美なものを感じたと告白しているのも、決して偶然ではあるまい。

観念的な近親相姦には、こうしてみると、どうやらロマン主義と貴族趣味の匂いが汪溢《おういつ》しているような気がしないだろうか。例の『特性のない男』のムジールについても、あるいはまた、『アレキサンドリア四重奏』のなかに、自殺する作家のパースウォーデンと、その盲目の妹ライザとの、まことに美しい罪の愛のエピソードを描いたローレンス・ダレルについても、このことは確かに言えるような気がするのだ。

私は前に、「近親相姦＝ユートピア」論などと、すこぶる大げさな表現をしてきたけれども、ひるがえって考えるならば、近親相姦なるものは、すべての人類に望ましく思われるものだからこそ、あれほど遠い昔から、あれほどきびしく禁じられていたのではなかったろうか。ロマン主義的な性情の詩人が、とくにこれを純化されたイメージとして捉えるとはいえ、おそらく誰の心にも、多かれ少なかれ、このようなユートピアは萌芽として存在していたにちがいないのである。そうでなければ、近親相姦はあえてタブーとはされなかっただろう。私たちは、つねに望ましいものを禁止するのである。アフリカの原始社会からヨーロッパ、東洋、日本にいたるまで、たぶん世界でもっとも広く行われているのが、近親相姦のタブーであろう。しかし、いったい、なぜ近親相姦が禁止されねばならないのかについては、まだ決定的な解釈を見ていないようである。

たしかに現代人には、血族結婚が優生学的に悪い結果を及ぼすものであるという、常識に類する観念があることはある。しかし遺伝学や優生学の観念がひろまったのは、ごく近年のことであって、少なくとも十六世紀より以前には、誰もそんなことは考えもしなかったはずなのだ。だから、優生学的配慮を理由とする十九世紀末のモーガンらの民族学者の説が、すでに時代遅れであることは明白なのである。

ハヴェロック・エリスらの性心理学者の意見では、近親婚のタブーは、人間の自然の感情の反映であり、それの違犯は、本能的な嫌悪を呼び起すという。この説が誤りであることは、すでに述べた通りである。

フランスの社会人類学者レヴィ＝ストロースが『親族の基本構造』で示したように、「禁止」はそれだけ切り離しては説明不可能であり、つねに「特権」と結びつけて考察されなければ片手落ちなのだ。この点について、とくに私が面白いと思うのは、古代エジプトやインカ帝国などの王族の例である。彼らは純血を保つために兄妹婚を行ったというが、これは神聖な「特権」の行使ではなかったろうか。農耕民族の神話や伝説でも、しばしば神や英雄が兄妹相姦や母子相姦を行うが、これも同じような文脈から説明することはできないだろうか。

もっとも、エジプトの王族の兄妹婚は、母権制社会から父権制社会への過渡期の現象としても説明されているようである。つまり、王は王妃の子供たちに対して父の権力を獲得するために、父であると同時に伯父にもならねばならなかった、というのである。

いずれにせよ、この「禁止」と「特権」の関係は、精神分析学における夢や神話の解釈とも共通するものがあって、私には非常に興味ぶかい。潜在意識下に沈んでいた欲望が、夢や神話のなかに現われるように、近親相姦の強迫観念も、どうやら人類の意識下に普遍的に存在しているらしいのである。そもそも、普遍的に存在しないものを禁止する必要は全くないであろう。その意味で、近親相姦に対する私たちの感情は、猥褻感とか羞恥心とかいうものときわめて似ているような気がする。

「猥褻とは、ある関係である」とジョルジュ・バタイユが書いている、「火や血が存在するように、猥褻が存在するわけではなく、それはただ、たとえば羞恥心を傷つけるものとして、存在するにすぎないのである。ある特定の人間が見たり言ったりするから猥褻なのである。だから、それは一個の対象ではなくて、一個の対象と一個の人間の精神とのあいだの関係である。この意味から、私たちは、ある特定の局面が猥褻であるような、あるいは少なくとも猥褻に見えるような、もろもろの状況を限定することができる。……近親相姦は、人間精神のなかにしか存在しない、こうした恣意的な状況の一つなのである」と。

たしかに、動物のあいだには羞恥心も猥褻の感情も存在しないように、近親相姦のタブーも存在しない。今西錦司説のように、動物段階にすでにタブーの萌芽を見る説もないわけではないが、近親相姦はバタイユの言うように、「人間と動物性の否定とのあいだの基本的関係の最初の証拠」であろう。

現在、もっとも注目を集めている近親相姦タブーの解釈は、レヴィ＝ストロースのそれであるが、これもまた、近親相姦タブーを、人間社会と動物社会とを分かつ根本的な基盤であると見なしているという点で、バタイユやフロイトの解釈と本質的には異らないだろう。レヴィ＝ストロースは、近親相姦タブーを家族の内部の秩序維持のための配慮と見るよりも、むしろ他の家族との連携のための配慮と見た。結婚は彼によれば、社会集団間の女性の交換であり、女性は一種の通貨なのである。ここには、当然のことながらフロイトのいわゆる兄弟間の「衝動放棄」の説（『トーテムとタブー』）が大きく影響していると思われるし、またエドワード・タイラーの社会的進化の理論が反映していると認められる。

まあしかし、インセスト・タブーの解釈については、最新の人類学においても、いまだに十分説得的なものは出ていないようなので、私としても、これ以上学説の紹介に紙数を費すことはやめておこう。

ユートピアとしての父娘の近親相姦を、ロマン主義が登場するよりも以前の十八世紀において、その小説のなかに堂々と描き切ったサド侯爵は、やはり私には、この分野における特筆すべき重要人物であろうと思わざるを得ない。

一七八八年三月、バスティーユ牢獄におけるもっとも旺盛な創作活動の時期に、わずか六日間で一気に脱稿した中篇小説『ユージェニー・ド・フランヴァル、悲惨物語』は、私がこのエッセーの冒頭に打ち明けた、父親の娘に対する反社会的な憧憬ないし欲望を、現実世界でほぼ完全に実現した男の物語なのである。主人公フランヴァルは、だから、いわばサドのユートピア的理想を体現した父親像と言ってもよいであろう。

物語の粗筋をざっと紹介するならば、——シニカルな哲学を奉じている無神論者のフランヴァルは、資産家の娘と結婚すると、二人のあいだに生まれた女の子ユージェニーを母親のもとからただちに引き離し、彼女に対して独特な自由主義教育をほどこすのである。すなわち、宗教や道徳に関することは一切教えず、女家庭教師を雇って、科学や語学や絵や舞踊や乗馬術や音楽だけをみっちり教える。そして遊び友達として選ばれた女の子以外には、外部の世界との交渉をすべて断たせ、男性としては父親のみしか知らないようにして育てる。父親を「お兄さま」と呼ばせ、夜はいつも父親の部屋で話をして過ごすようにさせる。一週間に三回、芝居を観に行く時も父親が同伴する。

かくて美しく成長した娘が十四歳に達すると、フランヴァルは娘の同意を得て、彼女の魂とともに肉体をも自分のものとするのである。自分が道ならぬことをしているとは少しも思わない、無邪気なユージェニーもまた、父親に対する恋情に燃えあがり、教えられるままに、あらゆる快楽の秘儀を熱心におぼえようとさえする。母親が心配して、年頃になった娘を結婚させようとすると、娘は父親と共同戦線を張って、母親の計画を片っぱしから潰してしまうばかりか、ついには母親を自分のライヴァルとして、深く憎むようにもなる。……

この物語は、結局、悪逆非道の父親フランヴァルが最後に破滅するという、いかにも取ってつけたような勧善懲悪の大詰めによって終るのであるが、むろん、それは作者のアリバイにすぎなかろう。作者はただ、自分の抱懐する「近親相姦＝ユートピア」の設計図を、空想のおもむくままに、自由に描きたかっただけのことであったにちがいない。

名高い『愛と西欧』の著者ドニ・ド・ルージュモンは、タブーを犯すことによってますます情熱を燃え上らせる「トリスタン伝説」の現代版として、ナボコフの『ロリータ』とムジールの『特性のない男』とを挙げているが、この現代の情熱恋愛の奇怪なジンテーゼに到達するまでの中間段階には、ほかならぬ「トリスタン伝説」のアンチテーゼとしての、サド侯爵の破戒無慙ぶりを置いてみなければならぬであろう。そうすることによって、近親相姦＝ユートピアの弁証法は、初めて完全な脈絡を見出すのである。

ユートピア主義者の私が、よしんば不逞な野心を起したとしても、せいぜい『ロリータ』のハンバートのように、少女姦ぐらいしかできないだろうと予測し得るのは、したがって、もっぱら時代のせいなのである。

〔初出：「潮」1972（昭和47）年3月号〕

セックスと文化

一　性の反社会的本質

まず、きわめて分りやすい事例から説明するとすれば、人間のセックスは、百万年前の大昔から、少しも進歩していないということを頭に入れておいていただきたい。いかに近代的なビルに住み、最新流行のスーツを着、ぴかぴかのスポーツ・カーを乗りまわし、ホモ・モーベンス（動く人間）などと愚にもつかぬ人間概念をでっちあげたところで、そもそも私たちの性の営みは、その態位においても持続時間においても、あるいは受胎から分娩にいたるその生殖過程においても、原始時代の洞窟に住んでいた私たちのはるかな祖先のそれと、全く変りがないのである。クロマニョンやホモ・ハイデルベルクの愛の行為と私たちのそれとは、本質的に何も変っていないのである。まあ最近になって変ったことと言えば、せいぜい、カー・セックスという新趣好の態位のヴァリエーションが生み出されたぐらいのものであろう。しかしそれだって、動物から人間への進化の途上において、性交態位が背面愛から対面愛に移行したという、まさにコペルニクス的転回と称するにふさわしい一大革命にくらべれば、全く小さな取るに足りないことにすぎまい。

政治経済から諸産業をもふくめて、人間主体を取り巻く環境が、いかに合理的に整備され、いかに便利に改革せしめられようと、原始のままの状態を保っている人間の性の行為のなかには、依然として、太古の闇の恐怖がそのままの形で残存しているという、これが何よりの証拠である。

最近、尖鋭な文明論的視野からの批評によって、私たちの読書界にも広く知られるようになった若いアメリカの女流評論家スーザン・ソンターグが、次のように述べているのを見られたい。

「人間の性は、キリスト教による抑圧などがなくても、きわめて問題性の多い現象であり、人間の経験のなかでは、日常的なものよりも極限的なものの方に、少なくとも潜在的には属しているのである。手なずけることはできるかもしれないが、性感覚が、人間の意識における悪魔的な力の一つであることには変りがない。それによって時に私たちは、タブーや危険な欲求に向って押しやられ、他人に対して不意に勝手な暴力をふるいたいという衝動から、みずからの意識の消滅への——死そのものへの——官能的な渇望にいたる、さまざまな欲求を体験する。」

(『ポルノグラフィー的想像力』)

そのような事情であるからして、私は、この性なるもの——ソンターグによれば「悪魔的な力」――を、進歩とか合理化とかいった文脈のなかに強引に閉じこめることには徹底的に反対であり、むしろこれを、文明のなかに取り残された一つの暗黒大陸として捉えることにこそ、正しい姿勢があるのではないかと考える。暗黒大陸には、その奥にどんな猛獣がひそんでいるか知れず、かりにこれを動物園に閉じこめて手なずけたとしても、いついかなる時に、ふたたび野生の呼び声に目ざめて原始の密林を恋うるようになるか、知れたものではないのだ。元来、性はその窮極の形においては、ジョルジュ・バタイユの指摘を俟《ま》つまでもなく、つねに死と二重写しになって現われるべき性質のものなので、それは私たちの合理的な社会生活と対立し、これを脅やかす暗い力としての性格を陰に陽に発揮せざるを得ない。そういう面にもっと注意すべきだ、と私は強調したいのである。

戦後のわが国の知的環境を支配した民主化路線は、進歩と合理化を一切に優先する旗印としていたから、セックスの分野においても、いわゆる封建的タブーの廃止、性の解放、男女同権などのスローガンの実現によって、そのまま健全なセックス、タブーによって歪められない自然なセックスというイメージに、一直線に到達し得るものと信じていた。ところで、私に言わせれば、これは幻想にすぎないのである。しかも、きわめて偽善的な幻想と言うべきである。まず第一に指摘すべき誤謬は、人間の性欲というものが、封建道徳のタブーや社会的・経済的な束縛を撤廃すれば、つまり外からの干渉を排除すれば、自然で快適な機能となる、という考え方であろう。最初に断っておいたように、そういう進歩主義や合理主義のコンテキストのなかで、性の本質をとらえようとすることからは、そもそも不毛な結果しか生まれないのだ。

二　管理社会と性の合理化

今日、風俗現象として、わが国のみならず世界中に見られる驚くべき性の氾濫は、一見したところ、戦後民主主義の進歩と合理化の方向とは直接に結びつかないもののごとくであるが、やはりこれも、今にして思えば、あの偽善的なイデオロギーの必然的な結果だったと言うことができるだろう。むろん、こうした傾向の背景には、戦後の市民社会の構造が徐々に崩壊して、いわゆる大衆社会、さらには管理社会といった新しい形の秩序が出現したという事実がある。今日の性風俗は、つとにノーマン・メイラー（『ぼく自身のための広告』）が的確に指摘したごとく、何よりもまず性の物質化、性の商品化として捉えられようが、そうした傾向をすべて引っくるめて、進歩と合理化という名のもとに総括しても別に差支えはあるまい。そして、そういう見地から眺めるならば、かのジャーナリズムの喧伝するスエーデンのフリー・セックス運動なるものも、かかる合理化過程の一つの極限にすぎなくて、進歩的ではあるけれども、革命的では少しもないという結論が出てくるにちがいない。

支配層は、社会的な危機に際して、セックスの内包する非合理な反秩序のエネルギーを拡散し、これを無力化することを（無意識のうちに）たくらむ。前にも書いたことがあるが、アメリカでは、ヴェトナム戦争がエスカレートするにつれて、性の解放もエスカレートしたのである。そうすることによって、戦争によって生じた社会的な欲求不満を埋め合せすることが、支配層には必要だと思われたのである。もちろん、これは支配層にとっても民衆にとっても、無意識に属する事柄であって、別に特定の人間が陰謀をめぐらした、というような大時代めいた話ではない。かくて、『チャタレー夫人の恋人』の無削除版が堂々と出版され、若者が全裸になる前衛劇『ヘアー』が堂々と興行され、ニューヨークの街の新聞スタンドでは、三十セントの安新聞の見出しにも、堂々と性器を露出したヌード写真が見られるようになった、という次第である。

幸か不幸か、日本はまだ、そこまで管理社会型の合理化過程が進行してはいないようだ。それが証拠に、つい去年の十月、サドの『悪徳の栄え』の翻訳出版が、ほぼ十年がかりの長期にわたる裁判の結果、最高裁判所で有罪判決を受けたばかりである。また新時代を劃《かく》すべき七〇年代に突入してさえ、嗤《わら》うべき明治の遺風によって、『ヘアー』の舞台の俳優の陰毛の露出が、その筋のお達しにより事前に禁止されるという始末である。巷にはヌード写真もストリップ・ティーズも氾濫しているが、警察の目をくぐったものでない限り、いまだに陰毛の表現を慎重に控えているという現状である。

さて、私たちは、ここで一つのパラドックスに逢着する。一本調子に性の解放を叫ぶ進歩主義者たちは、解放すなわち合理化という、管理社会特有の陰険な罠に気がつかない。スエーデンの若者たちの無気力と苛立ちは、ベルイマンその他の映画によって、すでに私たちの目にも親しいものとなっているはずではないか。いったい、彼らの破壊のエネルギーはどこへ吸収されてしまったのか。フリー・セックスの代償によって、彼らは何を失ったのか。いや、それよりも、そもそも制度化されたフリー・セックスなるものが、真のフリー・セックスであるべきはずがあろうか。制度と自由が両立するはずがあろうか。

右のごとき疑問が次から次へと頭を掠めるのは、けだし当然であろう。セックスの分野で、日本がまだスエーデンやアメリカ並みに進歩していないのは、考えようによっては、幸福なことかもしれないのである。それは言葉を変えれば、まだ私たちに、性の管理化への抵抗の可能性が残っている、ということにほかなるまい。少なくとも、真のフリー・セックスとはいかなる形態であるべきか、ということを考える余地が、私たちには残されているのだ。皮肉な見方のようであるが、私たちに薔薇色の疑似ユートピアの夢（万国博覧会をもふくめて）をあたえるものに対しては、つねに警戒の目を光らせていることが肝要なのである。

三　今日の疑似エロティシズム

わが国の戦後のデモクラシーが、ストリップ・ティーズとともに始まったということは、私には、まことに象徴的なことであるように思われる。それはすでに数年後の空前のマスコミ文化と、それにつづく情報化社会の到来を暗示していたかのごとくであった。

戦前には禁止されていた裸体の公開が、敗戦という手形を支払うことによって自由になった。ロー・デュカによれば、ヨーロッパでは「一九一二年以来、裸体は市民権を獲得していた」（『エロティシズムの歴史』）そうであるが、日本はそれより約三十年以上も遅れて、ようやく欧米並みのエロティック文化の水準に達したのである。二十世紀の新らしいエロティシズムの特徴を何よりもよく表わしているのが、ストリップ・ティーズであるということは、大方の論者の一致した意見であるが、このストリップは、やはり二十世紀の発明である映画や写真術とともに、スコプトフィリア（覗見症）、すなわち私たちの眼の欲望を大いに開発し、畸形的にこれを成長せしめるという役割を果したようである。

「写真術の誕生とともに――一枚限りで焼き増しのできない銀板写真の方は問題にならないが――エロティシズムの影響力は歴然たるものになる。かつてはデッサンにせよ、細密画にせよ、油絵にせよ、原画一枚しか存在せず、版画にしても刷る数は限られていたものであるが、今や写真術の処理方法によって、エロティックな画像の普及は実質的には無制限になった」とロー・デュカが書いている通り、近年のマス・メディアの驚異的な発展によって、私たちは四六時中、好むと好まざるとにかかわらず、おびただしいエロティックな画像に取り囲まれて暮らさなければならないような状況に立ち到ってしまったらしいのである。映画、テレビ、週刊誌から、アメリカの「プレイ・ボーイ」を真似た男性娯楽雑誌、化粧品や医薬品をはじめとする、ありとあらゆる商品の広告にいたるまで、挑発的な笑顔と姿態を示した女のイメージが、そこに氾濫しているのだ。私たちは、いやでも眼で見なければならず、視覚を通して、漠然たる刹那的刺激をたえず受けていなければならない。

このような現状をつらつら眺めれば、たしかにモーリアックが述べたように、「現代は覗見症者の時代である」といったような判断が生まれてくるのもやむを得ないだろう。

しかし、ひるがえって考えてみるならば、こうしたマス・メディアの呪わしい跳梁跋扈によって、かえって私たちは、その性的ポテンツをいたずらに弱め、その欲求不満を増大させ、そのエロティシズムを危殆に瀕せしめているとは言えないだろうか。もう一度ロー・デュカの言葉を引用するならば、「今日、エロティシズムが脅威を受けているとすれば、それはただ、疑似エロティシズムの激増という局面においてのみだ。映画、出版、広告など――むろん、これはエロティシズム専門というわけではない――を介して、今日のエロティシズムは潜伏的な、充足の可能性の全くない、したがって妄執的なエロティシズムに堕してしまった。」

私たちに無償で提供される視覚のエロティシズムは、ほとんどすべて、水割りウィスキーのように薄められたエロティシズム、疑似エロティシズムでしかないのである。したがって、それは秩序の側にとっても、もはやそれほど危険なものではあり得ず、ある程度までは、野放しにしておいても差支えないものなのだ。瀰漫《びまん》する疑似エロティシズムに慣らされて、いつしか私たち自身、本当のエロティシズムを見分けることができなくなってしまわないとも限らない。

そのような時こそ、エロティシズムは完全に合理化され、管理されたと言い得るだろう。前に私が述べたような、生産社会をおびやかす暗い力としてのエロティシズムの本質的な性格は、すでにそこにはあり得べくもないのである。とにもかくにも、このような生ぬるい逆ユートピア的状況が、私たちの周囲で、すでに始まっていないとは誰にも言い切れまい。

四　性の部分化と全体性の回復

多くの論者の主張するところによれば、このような二十世紀における性の氾濫現象は、性というものを、もはや人間全体のなかに有機的に統合された一部分としてでなく、全体から独立し、それ自体で一つの生命をもつところの付属器官であるかのように取り扱うという、いわば非人間化の傾向を示すものであるという。すなわち、性は人間全体への関心から切り離され、極端に部分化することによって社会全体に拡散するのだ。性の部分化は、また性の商品化にも通じるであろう。売春防止法により、かつての「赤線」に代って出現した「トルコ風呂」などは、その最も極端かつ典型的な例と言えるかもしれない。少なくとも、かつての遊廓における娼婦と客との一対一の関係においては、そこに何がしかの人間的交流も成立し得たはずなのに、「トルコ風呂」における女の役割は、一種の自慰機械、オナニー・マシーンのごときものではあるまいか。それほどではないにしても、商業デザインや広告のなかに、きわめて隠微な形で、性的シンボリズムのモティーフが多く利用されているというのも、これまた周知の事実であろう。かかる傾向を一言のもとに要約するとすれば、現代において最も特徴的な性の形式は、フェティシズムではあるまいかと私は考える。

フェティシズムとは、全体でなくて部分に執着する性欲の形式一般をさす言葉であって、シュテーケルが豊富な事例で証明したように、どんな人にも多かれ少なかれ認め得るものであるが、現代の疑似エロティシズムの激増によって、最近、私には、とくにこれが目立ってきたように感じられるのである。前に書いたスコプトフィリア、眼の欲望は、このフェティシズムと密接な関係にあると言えるだろう。

もとより、人間の全体を対象とする正常なエロティシズムに対立するものとして捉えた場合には、このフェティシズムは、正常ならざる病的な傾向として規定されるにちがいない。しかし現代の最新の心理学ないし精神分析学（とくにビンスワンガーらの現存在分析）では、かつてのように、正常と異常とをはっきり区別し、異常なるものを、治癒すべき病的傾向としてのみ捉えるというリゴリズムの立場は、次第に影をひそめつつある状態である。そして私もまた、そのようなリゴリズムの立場は、すでに時代遅れであると考えざるを得ない。いったい、人間の全体性とは何か。全体性に到達する道は、各人によって、さまざまであるべきではないか。よしんばフェティシズムの方向が部分化、つまり全体性の破壊と分割へ向う傾向であるにしても、その屈曲した方向を、何らかの特殊な方法で、全体性に結びつけることに成功しさえすれば、すべてのフェティシストであるままで、それぞれの特殊な価値を人間社会に実現することも可能なのではなかろうか。サルトルが『ジャン・ジュネ論』のなかで断言しているように、「もし同性愛が一つの意識の選択ならば、同性愛は人間的可能性になる」のであり、フェティシズムの場合も、これと全く同様ではなかろうか。

私は、現代の疑似エロティシズムの瀰漫している状況においては、同性愛も、フェティシズムも、オナニズムも、すべて必然的であると思う。ニーチェが十九世紀末のヨーロッパのデカダンスを必然的なものとして受け容れたように、私たちもまた、かかる頽廃現象を、いたずらに歎いたり弾劾したりするばかりでなく、すすんでこれを受け容れる覚悟が必要であろうと思う。性の本質である非合理的な反秩序のエネルギーは、必ずしも正常な、健康な（こういう概念自体がすでに曖昧である）、人間の全体性に緊密に結びついたエロティシズムからのみ生ずるものではなく、むしろかえって、エロティシズムの部分化の徹底によって生ずる場合があるということを、冷静な眼で見据えるべきだと思う。

いわゆる進歩的文化人に属する論者のセックス観と、私のそれとが決定的に食い違ってしまうのは、右のごとき状況認識からである。私の考えでは、人間の全体性の回復は、部分化の徹底以外にはないのだ。「人間的な性と愛の真の解放」などという内容空疎な謳い文句を、私が少しも信じない所以である。

ルーマニアの狂的な文明論者シオランは、「男と女には二つの道が開かれている。すなわち残忍さと無関心だ。一切の事情から見て、男女はこの第二の道を選ぶように思われる。彼らのあいだには理解も決裂もなくなる代りに、互いに離れ合って、男色とオナニズム——学校と寺院がきそって推奨する男色とオナニズムが、いずれ大衆を獲得する時がくるであろう。廃棄された山のような悪習が力を取りもどし、科学的な方法が、痙攣の能率を倍加させ、カップルの呪いを完成してくれるであろう」と書いて、未来のセックスの不吉な方向を暗示している。

このシオランの予言の、ぞっとするような恐怖と魅惑のアマルガムを、まず、たっぷり味わうところから私たちは出発しなければならぬであろう。

ニーチェにとっては、時代そのものが、自己をふくめての一切がデカダンスであった。私たちのデカダンスの徴候は、申すまでもなく、エロスの拡散、性の部分化にほかならない。よろしい、これを認めようではないか。「哲学者が最初にして最後に自己に求めるものは何か。彼の時代を自己自身のなかで克服することだ」とニーチェ（『ワグナーの場合』の序）は言っている。私たちにとっても、事情は同じことであろう。

〔初出：1970（昭和45）年 学研『日本文化の歴史15』（参加する大衆）〕

II

アイオロスの竪琴――省察と追憶

動物の王国

もう何度か書いたことがあるような気もするが、少年時代の一時期、私は動物学者たらんと夢みたことがあった。

科学博物館の壁にかかっている地質学の時代区分図だとか、生物の進化を図示したヘッケルの系統樹だとかいったものに、なぜか私は奇妙に惹きつけられる性質があって、私の頭の中にある動物学とは、要するに、そんなものの延長にほかならなかったのである。動物図鑑や昆虫図鑑は、少年時の私の枕頭《ちんとう》の書であった。

つまり、生きた動物を実際に採集したり観察したりするよりも、むしろ博物館のガラス・ケースのなかに陳列された動物の標本、あるいは図鑑のなかのエッチングの挿絵を眺めている方が、はるかに私には満足だったのである。

これはおそらく、有機的なものよりも固定した秩序を愛する、私の抜きがたい生来の傾向に由来するものではあるまいか、と考えられる。一言でいえば、私は動物の王国を愛していたのである。

この動物の王国というイメージは、のちに私が強く惹きつけられることになった、あのユートピア愛好の精神と完全に結びつくはずであろう。ユートピアが歴史の外へ飛び出し、ともすると白蟻の世界や蜂の世界を模倣する傾向にあるとすれば、まさにユートピアこそ動物の王国にほかならないからだ。

「自然は化石した魔法の都市である」とノヴァーリスが言っている。

私が天使や悪魔を殊のほか愛好しているのも、もしかしたら、彼らの世界にヒエラルキア(位階組織)があるからだ、と言えば言えないこともないような気がする。

さらに同じ論理を展開してゆけば、エロティシズムに対する私の年来の関心にも、エロティシズム固有の抽象的な力学と、その分類学によるところが大きいのではないか、と思われる。なるほど、エロティシズムの世界には原則として男と女しか登場しないが、その組み合わせと嗜好によって構成される種々さまざまな倒錯の形式は、博物館に並べられるにふさわしいばかりの整然たる秩序を有している。だからこそサドは、系統的に分類された性倒錯現象の集大成たる、あの『ソドム百二十日』を書いたのではなかったろうか。

具体物に対する抽象的情熱。抽象物に対する具体的情熱。この抽象と具体のあいだの橋渡しをなすものは、人間の想像力の驚くべき機能であるシンボリズムというものだ。

「思惟器官は、世界を生み出す自然の生殖器である。」(ノヴァーリス)

オドラデクの親類

正体不明の物体というものは、それ自身、私たちのイマジネーションを掻き立てずには措かない力を秘めているように思われる。

たとえば、弥生時代の青銅製の銅鐸が、あれほどの神秘的な魅力をもって私たちに迫るのは、一種の祭儀用の楽器であろうと推定されてはいるものの、その真実の用途が、いまだにはっきり確証されていないという一事のためではないだろうか。

銅鐸はいずれにせよ文明の産物であるから、その用途があったにちがいないが、用途のあるべきはずもない、化石のような自然の生成物のなかにも、謎にみちた正体不明の物体がある。

「悪魔の栓抜き」という名で知られる螺旋形の化石は、高さ二メートル以上もある巨大な石英で、ネブラスカ州とワイオミング州の一部に数多く産するという。地質学者のあいだでは、これが絶滅した纏繞《てんじょう》植物の化石であるという説と、ビーバーのつくった穴の跡であるという説との二つがあったらしい。しかし結局、最後にビーバー説が勝ちになったのは、その穴から小さなビーバーの化石が出てきたからだった。謎は解けてしまった。

もっと不思議なのは、コノドントと称せられる、単純な角形や櫛の歯のような複雑な形を示した、一ミリにも満たない小さな燐酸カルシウムの化石であろう。これは世界中の海底の堆積岩から発見されるが、果して動物であるか植物であるか、あるいはその他のものであるか、学者のあいだでも全く定説がないそうである。

コノドントの正体については、たくさんの説があって、たとえば鮫の鱗の歯、魚の鰓《えら》の骨、巻貝の歯舌《しぜつ》と呼ばれる歯に似た部分、ゴカイのような環形動物の顎、シャミセンガイのような腕足類の歯のような部分、さらに石灰藻のような植物ではないか、などとも考えられているらしい。

しかし何が不思議といって、これほど不思議なものはないと思われるような、とびきり不思議な物体は、あのカフカの短篇『家長の心配』に出てくる、オドラデクと呼ばれる奇妙な物体ではあるまいか。

オドラデクは、かつて何らかの用途のために人間の手でつくり出されたものか、それとも生きた自然の生成物か、それさえもはっきりしないのである。何はともあれ、カフカの文章を引用しよう。

「一見したところ、それは平べったい星形の糸巻のように見える。実際、それには糸が巻きつけてある。糸と言っても、さまざまな色と種類の古いきれぎれの糸が、つなぎ合わされ、もつれ合っているにすぎない。しかしまた、それは単なる糸巻ではなくて、星形の中央から小さな棒が飛び出しており、その飛び出した棒と直角をなして、もう一本の棒が継ぎ足されている。このあとの方の棒と、星の足を一つ借り、いわばその二つを両足として、その物体の全体は、まっすぐ立つこともできるのだ。」

しかも、このオドラデクという物体は敏捷に走ったり、質問に対して答えたり、笑ったりすることもできる。つまり生きているらしいのだ。

もちろん、これは現実のものではなく、小説のなかに出てくる物体であるから、荒唐無稽と言ってしまえばそれまでであるけれども、こういう不思議な正体不明の物体を頭の中から生み出した、カフカという作家の異常な想像力には、何ぴとといえども驚きを禁じ得ないだろう。

最後に告白するならば、私は、このオドラデクという糸巻が大好きなのである。

そして私はどういうものか、あの古代ギリシアで行われた、祭儀用のロンボスとかイユンクスとかいった楽器に関する記述を読むたびに、ほとんど反射的に、オドラデクのイメージを思い浮かべてしまうのである。

少なくともイユンクスという楽器は、平べったい星形をしていて、その中央に糸をつけてくるくる廻し、ひゅうひゅう風を起すという仕掛けのものだったらしい。

さらに私は、日本の江戸時代に流行した、お正月に男の子が紐をつけて引っぱって歩く、あの八角形の玩具「ぶりぶりぎっちょう」の絵を眺めるたびに、どういうわけか、ついオドラデクを連想してしまうのである。何となく形が似ているように思われるためであろう。

これらのものを、私はひそかにオドラデクの親類と名づけて、自分の記憶の整理箱におさめているのである。

情欲と哲学

ノヴァーリスの日記を読んでいると、しばしば、「朝、情欲の衝動があった」というような記述にぶつかる。そして、その情欲の衝動の後は、どうやらいつも「哲学的な気分」がつづくらしい。

一七九七年六月九日のごときは、「朝から起った情欲的な妄念が、ついに午後にいたって爆発した」とある。「午前中頭痛がしたが、午後はずっと気分がよくなった。夕方も非常に思索的な気分だった」と。

病気、苦痛、情欲、哲学――これらのものを一直線で結びつける無邪気な、無垢な、無責任な、超越的な、みずみずしいロマン主義者の魂に栄光あれ。

終末論の逆説

ほぼ十年前、世間がまだ東京オリンピックで浮かれているころ、私は終末論に大いに関心をいだき、「世界の終りについて」などというエッセーを書いていたけれども、終末論の花盛りを迎えたかに見える現在では、もう何も書く気がしなくなっている。

それでも、何か書いてみたい。

まず第一に、終末論はユートピア論と同じで、歴史的時間の否定であるから、それ自体、矛盾をはらんだ論である、と言うことができよう。

実現されたユートピアが、すでにユートピアではないように、終末論は、いまだ終末がやってこない現在においてしか、成立し得ないものである。極論するならば、終末論をやることによって、私たちは終末の時を無限に延ばしているのだ、とも言うことができる。

「世界は終りに近づいている。世界がなお存続し得るとなす唯一の理由は、世界が現に存在しているということ以外には何もない」とボードレールは言ったが、これまた、終末論の逆説的な性格を、皮肉な言葉で表現したものと考えられよう。

ユートピア論が永遠の閑話であるように、すべての終末論も、一つの閑話であるという性格をついに拭い去ることができない。——このことを肝に銘じぬ限り、終末論をやることには何の意味もないだろう、と私は思わざるを得ない。そうではないだろうか。

家来どもに任せておけ

かつて私は、『夢の宇宙誌』と題する著書の「あとがき」に、かのヴィリエ・ド・リラダン伯爵の信仰宣言をパロディー化して、「形而上学？　そんなものは、家来どもに任せておくがいい！」と書いたことがある。

これをもって、私が形而上学を蔑視しているなどと考える人がいるとしたら、その人はおそらく、よほどおめでたい人間であるにちがいない。

私はただ、目に見える具体物の提示によって、暗黙のうちに形而上学を表現したい、と考えたにすぎないのだから。いわば私のレス・ノン・ヴェルバを語ったにすぎないのだから。

妙な考えごと

妙なことにひっかかる性癖がある。

おそらく、これは誰にでもあることだろうが、たとえば人の名前を忘れたり、ある熟知の文章が、どの書物のどのページにあったかを失念したりすると、べつにそれが差迫って必要だというわけでもないのに、これを徹底的に捜索して、最後に首尾よく発見するまでは、どうしても気が済まないということがある。

そのためには、やりかけの仕事も一時中止しなければならず、かたっぱしから本をひっくり返さなければならないので、都合が悪いことおびただしい。

また、それとは少し違うが、一つのことを考え出すと、どうしても途中でやめられなくなってしまう、ということもある。

べつにむずかしいことを考えるわけではない。たとえば、私はよく口のなかで、次のように呟いていることがある。カササギ（鵲）、アララギ、ミササギ（陵）、ムササビ、マタタビ……まんなかの二字が同音で重なるような、四字の名詞を思い出すのである。もっとないだろうか、と一生懸命に考える。一つ見つかると、またさらに考える。

ヒモロギ（膰）、スメロギ（皇）などは似ているけれども、もちろん失格である。ホトトギスなども、五字だから駄目である。マタタキ（瞬き）、キツツキなどは、ちょっと見ると合格のようだが、動詞から転じた名詞だから、これも駄目である。オモモチ（面持）は合成語だから、イササカ（聊）は副詞だから、いずれも失格である。

これらの合格した単語においては、まんなかの二字の母音が必ずaで、最後の一字の母音が必ずiであるのも面白い。その理由は私には分らないが、何か音韻論上の法則性が働いているのかもしれない。

いずれにしても、妙なことを考える癖があるものである。

百鬼夜行

幼年時代、まだ小学校に入学する前から、私は絵を描くことを大そう好んだ。私がタイプとして視覚型に属し、はっきりした物の形を愛していることは、前にもたびたび述べたことがある。しかしクレヨンや水彩で彩色することは、全く私の性に合わず、もっぱら硬い鉛筆の線描で、稚拙な版画のような絵を描いていた。

いまでもそうだが、私は手首が痛くなるほど鉛筆をぎゅっと握りしめて、紙の上にくっきりと濃く、明瞭な線を引かなければ気がすまないようなところがあった。紙の裏に、硬い鉛筆の芯の跡が、浮き出てしまうほどである。小学校に入学すると、しばしば先生から、「そんなに力を入れて書くものではない」と注意された。

どんな絵を描いていたのかというと、私の気に入りのテーマは、およそ三つあった。すなわち海の底の図、蟻の家の図、墓場の図である。

海の底の水中には、ありとあらゆる魚介類や、クラゲやイソギンチャクや、サンゴや海藻などを描きこむことができた。江戸中期の綺想画家伊藤若冲が、ミニアチュールのような「魚づくし」や「虫づくし」を描いているが、私の幼年時代の海底の図も、まあ、あれに似たようなものだと思っていただきたい。

魚の種類が足りなくなってくると、私はよく、空想の魚をもそこに登場させた。そしてその魚に、自分で勝手な名前をつけるのである。たとえば、三味線の撥《ばち》のような形の魚を描いて、これに「ペンペン魚」という名前をつけたりした。

一方、蟻の家の図は、いわば私の洞窟願望、あるいは胎内回帰願望のあらわれとも見ることができよう。

つまり、地面の下に縦横に穿たれ、四通八達した蟻の巣の断面図を描くわけである。トンネルは迷路のように、無数に枝分れしている。そして各トンネルのどんづまりには、子供部屋があったり、卵の置いてある部屋があったり、食べ物の置き場があったり、冠をかぶった女王のいる玉座の間があったりする。地面への出口には、槍をもった番兵の蟻が立っている。部屋にはそれぞれ、古風なランプが天井からぶら下がって光っている。

最後の墓場の図は、いったいどうしてそんな絵を描くことを好んだのか、自分でもよく分らないところがある。

石塔が並び立っていて、そのうしろには朽ちた卒塔婆が倒れかかり、線香の煙がたなびき、花立ての竹筒には、しおれた花がさしてある。破れ提灯がぶら下がっていて、その破れた口から、幽霊がふわりと出てくる。もちろん、時刻は夜で、方々に陰火が燃え、空中には人魂が浮遊している。

墓場の場景を描きあげると、次に私はそこに、いろんな種類のお化けを登場させた。ろくろッ首、一つ目小僧などといった、いずれも古典的なお化けである。

いま考えてみると、どうやら私は、一種の百鬼夜行図を描くことを目論んでいたかのごとくである。

小学校にあがるようになると、図画の時間に、写生ということをやらされて、私は全く閉口した。しかも、林檎だとか椅子だとかいった、まるで面白くもおかしくもないような日常の物体を、目に見える通りに描かなければいけないのである。

海の底だとか、蟻の家だとか、墓場のお化けだとかいった、見えないものばかりを好んで描いてきた幼年時の私には、写生という観念がなかったのである。

総じて私が近代のリアリズムよりも、近代以前のシンボリズムや装飾主義を愛するのは、幼年時からの一貫した傾向らしいのである。

有尾人

昭和十五年（一九四〇）という年は、いわゆる皇紀二千六百年で、政府や民間でいろいろな記念式典が行われたが、私たち小学校六年生の一組では、生徒がそれぞれ竹細工で神武天皇東征の各場面をつくって、立体的な絵巻物のようにずらりと並べ、学校の展覧会に出品することになった。

このころ、私は日本神話の面白さに夢中になっていた。菊池寛の子供向きの『日本建国物語』も愛読したが、これを卒業してしまうと、次には訓み下し文の「古事記」を読みはじめた。ホメーロスの『オデュッセイア』が少年の血を沸き立たせるように、文学作品としての古事記も、イデオロギーには全く関係なく、私の文学的想像力を満足させたのである。

さて、神武天皇東征の竹細工シリーズをつくることになって、私たちクラスの全員は、それぞれが東征中のいろんなエピソードを分担することになった。各自が希望を出して、自分の好きなエピソードを選び、ある者は熊野の高倉下《たかくらじ》が剣を献上する場面を、ある者は八咫烏《やたがらす》の道案内の場面を、ある者は長髄彦《ながすねひこ》との戦闘の場面を、という具合に分担したのである。

私は、亀にのった珍彦《うずひこ》が天皇の舟を先導する場面も好きだったが、それよりも、光った尾のある人間、井光《いひか》のエピソードにすこぶる執着があった。その部分を「日本書紀」から引用してみよう。「吉野に至る時に、人有りて井の中より出でたり。光りて尾有り。天皇問ひて曰《のたま》はく、『汝は何人ぞ』とのたまふ。対《こた》へて曰《もう》さく、『臣は是国神《これくにつかみ》なり。名を井光と為《い》ふ』とまうす。」

日本の神話には、ギリシア神話のように、あんまり奇想天外な怪物は出てこない。語呂合わせのようだが、井光などは、そのなかでもピカ一であろう。怪異な光りを発する有尾人のイメージが、少年時の私のグロテスク趣味に共鳴したのである。

のちになって、私は小栗虫太郎の『有尾人』という魔境小説を読んだ時に、この日本神話の井光を卒然と思い出した。しかし虫太郎の有尾人は、古代の国つ神のイメージとは全く何の関係もなかった。

ちなみに、柳田国男の『山人考』によれば、国つ神とは、天孫族のやってくる前に国内にいた、幾多の先住民の呼び名なのである。

悪魔的な花

不思議なことに、植物は動物よりもはるかに有機的で、むしろ人間に近いような気が私にはする。

人間の生理現象を植物とのアナロジーによって捉えることを好んだ作家には、あのマルセル・プルーストがいる。

プルーストは、男色家シャルリュス男爵とその愛人ジュピアンとの関係を、蘭の花と昆虫との関係に比較しているが、いかにもプルーストの考えそうなことだと思う。なぜなら、蘭の地中の塊茎は、古くから男性生殖器に見立てられてきたからだ。

プリニウスの『博物誌』第二十六巻第六十二章に、次のような記述があるのを私は発見した。

「オルキスあるいはセラピアス（いずれも蘭科植物の一種）ほど驚くべき植物はめったにない。それは葱のような葉と、棕櫚《しゅろ》のような長い茎と、紫色の花と、二つの睾丸の形をした一対の根を有していて、水に浸した大きい方の睾丸は性的欲望を刺激し、山羊の乳に浸した小さい方の睾丸は性的欲望を鎮めるのである。」

蘭は一般に、高貴な花と目されているらしいが、同時にまた、これほど悪魔的で、エロティックな感じをあたえる花はあるまい、とも思われる。プルーストは、このことを意識していたにちがいない。

もう一つ、蘭の花に関するジョルジュ・バタイユの意見を引用しておこう。

「たしかに、雄蕊がきわめて発達していて、否定することのできない優美さを示している花もある。しかし、それも普通の感覚で眺めれば、何やら悪魔的な優美さに見えてくるだろう。たとえば、ある種の厚ぼったい蘭の花などがそれで、私たちはこうした妖しい植物に、最も頽廃した人間的倒錯を感じないわけには行かないのだ。」

ある種の人々に大そう蘭が好まれるのは、申すまでもなく、その花が反自然的な、頽廃的な姿をしているからこそであろう。もしかしたら、地中にかくれた生殖器から、あのように奇怪な花々を咲かしめる、一種の悪魔的な精気がほとばしり出るのではあるまいか、とも思われる。

そう言えば、蘭の花はひどく香りが強いようである。

埋めた殺意

終戦のとき、私の一家はS県F市のS銀行支店の離れの一室に身を寄せていたが、その銀行の裏に、陸軍の兵器補給廠《しょう》の倉庫があった。終戦と同時に、忽然として、この倉庫には管理人がいなくなった。扉も開けっぱなしのままで、侵入しようと思えば、誰でもたやすく侵入できるような状態にあった。

私は誘惑に抗しきれず、ある日、がらんとした補給廠の倉庫にひそかに侵入して、革のサックにはいった陸軍の拳銃を一梃、盗み出した。

いま考えてみると、それは非常に旧式なピストルだったが、それでも立派に人を殺すことのできる、一個の殺人器械であることに変りはなかった。私が本物のピストルを自分の所有物としたのは、あとにも先にも、この時しかない。

八月三十日、マッカーサーが厚木飛行場に到着し、その年の終り近く、米軍が東京のみならず、地方都市にも進駐してくることになった。明日は米軍がF市にやってくるという日、私は盗んだピストルを前にして、思い悩んだ。米軍は民家を家宅捜索して、武器を隠匿している者を逮捕するにちがいない、と考えたからである。実際、そんな噂があったのだ。

深夜、私は妹を見張りに立たせておいて、庭の八手の樹の下に深く穴を掘った。ピストルを油紙で包み、これを麻縄できりきりと縛って、穴の中にそっと置き、その上にふたたび土をかぶせた。

この穴の中に秘匿したピストルを、私はその後、掘り出していない。ピストルに対する私の情熱は急速に冷めてしまったし、もう一度スコップを握って、埋めたものを掘り返すのは、何だか馬鹿馬鹿しく、億劫なような気分になってしまったからである。そのうち、私の一家はF市を引きはらってしまった。

あのとき、鈍色に光っていた殺人器械は、いまでは土の中で赤錆を生じ、ぼろぼろに腐蝕していることであろう。

あのとき、もしかしたら、私は一つの殺意を埋めたのかもしれない。

アイオロスの竪琴

アイオロスの竪琴は、風が吹くと自然に鳴り出すという。これこそ最も素朴な楽器であろう。アイオロスというのはギリシア神話の風の神で、風を袋に閉じこめる力を有していた。オデュッセウスの一行が、青銅の城壁に囲まれた浮島アイオリアに着いたとき、彼らを歓待して、牡牛の皮で袋をつくり、これにあらゆる逆風を封じこめて、安らかな航海ができるように計らってくれたのが風神アイオロスである。

物理学用語の「エオルス音」というのも、この風の神の名前から由来している。たとえば風が強く吹いて、電線が振動して音を発したり、松の樹の梢が笛のように鳴ったりするのが、いわゆるエオルス音である。松籟という言葉は、私たちにも親しいはずだ。

「自然はアイオロスの竪琴である」とノヴァーリスが書いている、「自然は、私たちの内なる気高き琴線にふれて鳴り出す楽器なのである」と。

スタール夫人の『ドイツ論』には、次のような一節がある。

「ドイツの貴族たちの豪壮な庭園の中央には、花々に囲まれた洞窟のそばに、よくアイオロスの竪琴の置かれていることがある。こうしておけば、風は空気中に、音と香りの一体となったものを送りこむことができるからである。」

私は残念ながら、アイオロスの竪琴というものを見たことも聞いたこともないが、その古風で神秘な構造には、好奇心を惹かれないわけには行かない。

もっとも、私自身は、アイオロスの竪琴とは似ても似つかなくて、たとえ風が吹いても、私の詩想はなかなか鳴り出すことがないのである。

雀と蛤

「雀、海中ニ入リテ蛤トナリ、雉、大水ニ入リテ蜃《しん》トナル」という言葉は、「礼記」月令や「国語」晋語よりこのかた、中国の古文献によく出てくるが、以前から動物好きの私の気に入っている言葉である。

スズメとハマグリは外見上もよく似ているし、雀が海の中へ飛びこんで、蛤に変化するという発想には、東洋ふうの絶妙のユーモアがあるように思う。

この蛤が気を吐けば楼台を現わし、蜃気楼を生ずるというのも、いかにも中国人が考え出しそうな、神韻縹渺《しんいんひょうびょう》たるイマジネーションではないだろうか。

そう言えば、大国主命が八十神に迫害されて、ついに焼け死んだとき、その貝殻の粉と汁とによって、彼を生き返らせたのも蛤の女神であるし、御伽草子の孝子しじらに、高価な織物を作ってやって、彼を富貴な身分にしてやるのも蛤の女房である。

白井光太郎の『植物妖異考』によれば、植物が動物に化するという伝説の例には、たとえば「木葉、蝶ニ化ス」「笹魚、岩魚トナル」「冬虫夏草」「山芋、鰻ト化ス」などがあるようだ。いずれも、ギリシア神話のメタモルフォーシスとはずいぶん趣きの違った、東洋ふうの神仙譚めいたものである。

久生十蘭のこと

戦後の雰囲気のまだ消えやらぬ昭和二十三年、当時二十歳の私は、雑誌「モダン日本」の編集者として、多くの作家や画家や漫画家と会う機会を有したが、そのなかでも最も強烈な印象を私にあたえたのが、今は亡き久生十蘭であった。

最近、喜ばしいことに、十蘭のファンは一部に根強く固定したように思われるので、私が戦後の十蘭に親しく接した人間のひとりとして、その個人的な思い出をここに書きとめておくのも、あながち意味のないことではあるまいと思うのだ。

最初に会ったのは、吉行淳之介も「久生十蘭全集」の月報に書いているが、たぶん、久生家の引越しの手伝いに行った時ではなかったかと思う。戦争中、千葉県の銚子に疎開していた十蘭は、二十三年の秋ごろになって、ようやく鎌倉の材木座に一軒の家を見つけてもらい、奥さんとともに、そこに移ってきたのである。

当時は、まだ段ボールの箱などというものはなかったので、私たちが肩にかついでトラックから下ろしたのは、すべて書物のぎっしりつまったミカン箱であった。数えきれないミカン箱は、縁側に累々と積まれた。

夜になって、私たちは座敷へ請じ入れられ、奥さんの手で酒肴を供された。まだ若かった久生夫人は、ちょっと受け口のような口もとに特徴のある、チャーミングな気さくな女性であった。子供のない十蘭が、この甲斐甲斐しく立ち働く健気な女性をこよなく信頼し、可愛がっているらしいことは、若輩の私にもすぐ読みとれた。

石川淳が奥さんを家来と呼ぶのは有名な話であるが、十蘭は久生夫人を「おい、従卒」と呼んだ。一方、彼女は私たちに向って、「十蘭がこう言っています」とか、「十蘭に申し伝えておきます」とかいった言い方をした。

我がままで偏窟で孤独な作家と噂される久生十蘭に、こういう良き伴侶がいることを、若年の私は、何か眩しいものでも見るように眺めていたような気がする。

その夜、酩酊した十蘭が饒舌になり、私たちを前にして語ったことのなかで、はっきり記憶に残っているエピソードが二つある。それを次にお伝えしよう。

「オマンという言葉はね、日本語でも女性性器を意味するが、じつは、これは世界共通語なんだ」と十蘭は得意そうに言った、「アラビア語でもヘブライ語でも同じだよ。フランス語でも、似たような言葉があるよ」

私が「へえー」と感心していると、そばで久生夫人は、可笑しそうにくすくす笑っているのだった。いま考えると、おそらく、これは十蘭一流のミスティフィカシオン、法螺であったにちがいない。その後、私は古今東西のエロティック文学をずいぶん読み散らかしてきたけれども、そんな珍妙な言葉には、まだ一度もお目にかかったためしがないからである。十蘭は、若い私たちをからかって、ひとりで面白がっていたのにちがいないのである。

もう一つのエピソードというのは、次のようなものだった。

「役者の演技というものはね、リアリズムでは駄目なんだ」と十蘭は断定的に言った、「誇張しなければいけないんだよ。たとえば歌舞伎で酒を飲むときには……」

と言って十蘭は、やおら持っていた盃を押し頂くようにして、両手を徐々に頭の上まで持ってゆき、ついに盃を完全に頭にかぶるような恰好をして、

「こんな風にしてね、盃を頭にかぶってしまわなければいけないんだ。そうしなければ、三階の大向うから眺めているお客さんには、酒を飲んでいるようには見えないんだよ」

和服を着た十蘭は、どっかり胡坐《あぐら》をかいたまま、何度も盃を頭にかぶるような仕草をして見せるのだった。

　私は当時から鎌倉に住んでいたので、社から命ぜられて、材木座の十蘭の家まで、出勤の途上、よく原稿をもらいに行ったことがある。

　ある朝、こうして私が十蘭の家を訪問すると、どてらを着て出てきた十蘭は、「やあ」と敬礼するように片手をあげて、「まあ、あがりたまえ」と言う。そうして奥さんに命じて、ビールとコップを持ってこさせ、私の前に、なみなみとビールを注いだコップを差し出すのである。

「先生は……」と私が戸惑って言いかけると、

「いや、ぼくは飲まないんだ」と言う。

　私がコップを飲みほすと、奥さんがまた注ぐ。奥さんにお酌をさせた形で、とうとう私は一本あけてしまった。朝食抜きで家を出てきた私は、空っぽの胃袋にビールを一本流しこんだせいで、頬が火照り、何だかふらふらしたような気分になった。

　すると、普段は無表情の十蘭がにやにや笑って、引導を渡すように、「じつは原稿はまだ出来ていないんだ。また明日、きてくれたまえ」と言った。

　私はふらふらしながら立ちあがり、毒気を抜かれたような塩梅で、挨拶もそこそこに、久生家を辞去せざるを得なかった。たぶん、私が帰ってから、十蘭は奥さんと二人で、してやったりとばかり、大笑いしていたのではないだろうか。

十蘭は昭和三十二年、五十五歳の働き盛りで惜しくも世を去ったが、私が最後に彼に会ったのは、たしか昭和三十年ごろだったと思う。

それまでの私の印象では、十蘭はスマートな痩身で、薄くすぼめた唇に特徴があり、眼には刺すような鋭さがあったのに、どういうわけか、最後に会った時には、それらの印象ががらりと変っていた。

そのとき、鎌倉の駅前のロータリー（いまはない）のベンチに、誰かを待っていたのであろうか、たったひとりで腰かけていた着流しの十蘭は、前とくらべて体軀がやや肥満し、頭髪がやや薄くなり、色もやや黒くなったような感じで、何やら比叡山の悪僧めいた風貌になっていたのである。

私は近づいて挨拶した。ちょうどそのころ、私はコクトーの翻訳を出して、十蘭にも一部献呈していたところだったので、話題がコクトーのことになった。

「ぼくのところに、コクトーの『ヴォワ・ユメーン』という戯曲の本があるよ」と十蘭は相変らずの早口で言った、「今度きたら貸してやるから、持って行きたまえ」

「ああ、『人間の声』というやつですか。それならぼくも持ってます。あれには東郷青児の翻訳がありますね」と私は何の気なしに言った。

すると十蘭は嚙んで吐き出すように、

「東郷？　あんなやつにフランス語ができるもんか」

それっきり、二度と会う機会もないまま、久生十蘭は癌で死んでしまった。スラックスをはいて鎌倉の街を歩いている未亡人を、私は遠くから二、三度、見かけたことがある。それもすでに十数年前のことだ。

〔初出：「別冊新評」（澁澤龍彥の世界）1973（昭和48）年秋号〕

空想の詩画集

上田秋成と銅版画

「空想の美術館」とか「空想のアンソロジー」とかいった言葉があるように、「空想の詩画集」というものも考えられてよいのではないかと思う。

　自分の好きな作家や詩人と、好きな画家とを結びつけて、頭のなかで、あり得べき一冊の詩画集を空想するわけである。もちろん、歴史上の時間空間を超越して、たとえば唐代のデカダン詩人と、十九世紀末フランスの画家とを結びつけるのも、当人のお好みのままであろうし、また逆に、たとえば典雅な現代小説のイラストレーションを、時間をさかのぼって、中世フランドル派の細密画家に描かせるというのも一興であろう。

　書物や画集を愛する人なら、おそらく一生に一度ぐらいは、それぞれ自分の趣味や気質にしたがって、頭のなかに、気ままに「空想の詩画集」を思い描いたことがあるのではなかろうか。

きっとあるにちがいないと私は思うのだが、どんなものだろうか。

人間のタイプに視覚型と聴覚型とがあるとすれば、さしずめ私などは、明らかに視覚型に属する人間であるらしく、ピトレスク（絵画的）な性格の文学作品には、とりわけ惹きつけられる傾向がある。子供の時分からそうであったし、今でもそうなのだ。

さて、それでは私の「空想の詩画集」に、まず誰を登場させようかと考えると、すぐさま頭に思い浮かぶのが、「雨月物語」や「春雨物語」の怪異譚を残した江戸中期の文人、上田秋成の名前である。

秋成は、とりわけピトレスクな作家であるとは言えないだろう。しかしながら、同じく怪異譚の作者である西洋のエドガー・ポーが、ギュスターヴ・ドレやオディロン・ルドンのような銅版画家によって、すばらしいイラストレーションを呈上されているところを見ると、私としては、日本の芸術的怪異譚の第一人者である秋成の名作にも、それにふさわしい銅版画を添えてみたいという気持に駆られる。さよう、秋成には、まさに銅版画がよく似合うのである。

秋成の文章は、彫琢された金属的な美によって、いぶし銀のように光り輝いている。この「彫琢」という言葉は、もちろん文章を推敲するという意味にも用いられるが、原義は申すまでもなく、玉や金属をきざみみがくことであろう。ところで、銅版画の制作過程においても、金属板を鉄筆できざんだり、きざまれた金属板をぴかぴかにみがいたりするという操作が行われるのだ。もしかしたら、私は以上のような単純なアナロジーで、秋成と銅版画とを勝手に結びつけているのかもしれないが、このアナロジーは、感覚的にそれほど間違っていないはずだと思う。

「時に峯谷《みねたに》ゆすり動きて、風叢林《はやし》を僵《たを》すがごとく、沙石《まさご》を空に巻上る。見る〳〵一段の陰火君《ゐんくは》が膝の下より燃上りて、山も谷も昼のごとくあきらかなり。光の中につら〳〵御気色《みけしき》を見たてまつるに、朱《あけ》をそゝぎたる龍顔《みおもて》、荊《おどろ》の髪膝にかゝるまで乱れ、白き眼《まなこ》を吊あげ、熱き嘘《いき》をくるしげにつがせ給ふ。御衣は柿色のいたうすゝびたるに、手足の爪は獣のごとく生《お》ひのびて、さながら魔王の形あさましくもおそろし。」

「白峯」は、「雨月物語」のなかでも最も豪華な短篇というべきだが、その豪華さは、やはり白描の豪華さだろうと私は思う。色彩感覚はあっても、それは力強く引き緊まった白黒の文体のなかに吸収されてしまう。文体の骨格が、銅版画の線のように透けて見える。白黒の禁欲主義の豪華さは、論理的、男性的な豪華さであって、それはそのまま銅版画の世界に通じるのだ。

ここで思い出されるのは、江戸末期の浮世絵師、歌川国芳によって描かれた「崇徳院」の図であろう。わざわざ断るまでもあるまいと思うが、秋成の「白峯」は、讃岐の崇徳天皇の御陵で、西行が天皇の亡霊に出会うという幻妖な物語なのである。国芳描くところの蒼白な「崇徳院」は、木版画としては最大限の効果をもって、秋成の筆による豪華な魔王のイメージを再現していると言い得るかもしれない。ただ私としては、これをあくまで木版画でなく、金属板にきざんだらどうだろうか、たとえばデューラーのような鋭く力強い線で、これを再現したらどうだろうか、と思わないではいられないのである。

もう一つ、「雨月物語」のなかから、あの三島由紀夫も愛したという名作「夢応《むおう》の鯉魚《りぎょ》」についで述べておきたい。

動物変身譚が大好きな私は、三島と同様、この作品を昔から愛してきたが、これは単なる動物変身譚というよりもむしろ、そこに芸術家の孤独や悲しみのアレゴリーを読み取るべき作品なのかもしれない。しかし、さしあたって、そんなことはどうでもよい。大事なことは、これを読む者が、次のようなすばらしい文章に、心を躍らせ得るような感受性をもっているかどうかということだろう。

「不思議のあまりにおのが身をかへり見れば、いつのまに鱗《うろこ》金光を備へて、ひとつの鯉魚と化《け》しぬ。あやしとも思はで、尾を振り鰭《ひれ》を動かして心のまゝに逍遥す。」

長くなるから、以下につづく歌枕の部分は省略せざるを得ないが、この「鱗金光を備へた」一匹の鯉魚が、まだ公害に汚されていない透明な琵琶湖の水中を心のままに遊泳するところは、やはり銅版画の恰好の題材ではなかろうかと私は思う。きらきらした鯉の鱗の一枚一枚を、たとえばレンブラント亜流の十七世紀の動物画家にでも克明に描かせて、その周囲に、湖畔の風景を名所図会ふうにパノラミックに配置したらどうだろうか。奇妙に幻想的な水中の小宇宙ができあがるにちがいない。

日本の装飾主義とマニエリスム

桃山末期の光悦《こうえつ》・宗達にはじまるエコールを、なぜ江戸中期の光琳《こうりん》の名をとって「琳派《りんぱ》」と呼ぶようになったかについて、私は美術史的なことは何も知らないが、自分なりには、きわめて納得のいく解釈を加えて満足している。まあ、素人美術談義だと思って聞いていただきたい。光悦は、組織者でありディレッタントであったから別格である。宗達は、琳派という装飾画派にはおさまり切らない反装飾的な装飾画家である。光琳にいたって初めて、エコールと呼ばれるにふさわしいマニエリスムが出てきた。だから、マニエリスムとしての琳派が光琳の名を流派名としているのは、私にとっては全く当然のことなのである。

マニエリスムという用語をいきなり持ち出してきて恐縮であるが、私はこれを、アルティザン的技巧主義というぐらいの意味に用いているつもりだ。もちろん、西欧のマニエリスムには、不安な近代的自我意識だとか、冷たい貴族主義的孤立だとかいった傾向と切っても切れないものがあるけれども、日本では、もっぱらこれを装飾主義という観点から眺めなければならない。日本の美術、いや、あえて言うならば文学をもふくめて、日本の芸術全般が、この装飾主義的マニエリスムを抜きにしては語れないような気がするのである。

たまたま、今年の日本芸術大賞に選ばれた加山又造氏の作品を眺めていると、「うーん、琳派だなあ……」という感想が浮かんでくるのを私は如何ともしがたいのである。どんなぼんやりした鑑賞眼の人間にも、このことは容易に気づかれるにちがいない。すでに土方定一氏も指摘している通りだ。どうやら日本の芸術的知性は、あらゆる時代、あらゆる流派において、写実から装飾へという宿命の道を歩むもののごとくでさえある。それは不安を克服する道なのだろうか。しかしまあ、結論を急ぐまい。

ヨーロッパと日本とを対比せしめながら、もう少し、とりとめないことを語らせていただきたいと思う。――

光琳の名高い「紅白梅図」などに現われている、いわゆる「光琳波《なみ》」と呼ばれる水の模様を眺めていると、どうしても私には、十九世紀末のウィーンの画家グスタフ・クリムトの好んだ、黄金の波形模様が思い出されてしまう。水の様式的表現として、時代も環境も異なる二人の画家が、こんなによく似た表現をしているのは、じつに不思議だとさえ思ってしまう。

しかし宗達には、かりにも十九世紀末の画家と比較し得るようなところはない。宗達を日本のバロックと呼ぶことには異論があるかもしれないが、この一見したところ、静的かつ装飾的な画家の空間には、驚くべきエネルギーが渦巻いている感じなのである。名高い「風神雷神図」や「舞楽図」の、金地のままの何もない空間でもそうである。かつて養源院の「唐獅子と白象図」を見た時には、私はその力強い描線に、これこそ日本のバロックの真髄だな、と思ったものである。

バロックといいマニエリスムというのも、要するに西欧美術史との類比であって、こういう安易な類比が危険であるのは申すまでもあるまい。私は、西欧のバロックと切っても切れない関係にある反宗教改革の理想に当たるものを、日本の琳派の古典愛好、王朝への思慕と対比してみようと考えたことがあるが、もとより、こじつけの域を出るものではなかった。

しかし前にも述べたように、日本の芸術が、文学をもふくめて、写実から装飾へという、完成への道を歩む宿命にあるらしいことは、たとえば谷崎潤一郎とか川端康成とか堀辰雄とかのような小説家の例を見ても分ることであろう。「日本の写実主義と装飾主義とは楯の両面だ」という名言を吐いたのは三島由紀夫だった。道行きとか歌枕とかいったアラベスク的手法は、工芸的手法と言い直してもよいが、よかれあしかれ日本の芸術の特徴なのである。

そういうマニエリスム的装飾主義者のなかで、最も気違いじみているのが江戸中期の綺想画家、伊藤若冲であろうと私は思う。鶏画家として知られる若冲のミニアチュール的細密描写を、ご存じの読者もあろう。

琳派と若冲との関係は、ちょうど西欧の正統的なマニエリストとアルチンボルドとの関係に近いと言えるかもしれない。もっとも、後者がプラハの宮廷画家で、前者が京都の孤独な町絵師だったことを思えば、こういうアナロジーがいかに恣意的なものであるかは一目瞭然であろう。私は数年前、晩年の若冲が草庵をかまえていたという、京都は深草の石峰寺を訪れたことがある。この寺には若冲の墓もあるが、おもしろいのは、ここに若冲が下絵を描いて、石工に彫らせたという五百羅漢の石仏群があることだ。それはいかにも若冲に似つかわしい、古拙な趣のあるミニアチュールの石仏群で、一山の竹藪のあいだに、点々と座を占めているのである。

私は石峰寺の裏山を歩きまわりながら、ヨーロッパのバロックの、どこにでも見られる巨大な石像群を思い出していた。そして、「やはり日本はミニアチュールの天才なんだな」という感慨を禁じ得なかった。

さて、「空想の詩画集」と銘打った以上、ここで若冲の装飾的ミニアチュールを挿絵とするにふさわしい、詩人なり作家なりを登場させなければならなくなって、私はいたく当惑している。日本文学では、あまりにもつきすぎていて、つまらないからだ。ここはどうしても、ヨーロッパの典雅なマニエリスム詩人、モーリス・セーヴやクレマン・マロの名前を出しておいて、お茶を濁すことにしよう。

お伽草子と鏡男

室町時代のお伽草子を私が大そう愛好していると言うと、「へえ、あんな子供だましみたいなものが好きなんですか」というような、ふしぎそうな顔をする人がいる。どうやらお伽草子は、一般的通念として、荒唐無稽で類型的で、しかも抹香くさく教訓的で、芸術的価値の低いものと考えられているらしいのだ。

しかし私のひそかに考えるのに、王朝の物語や中世文学のすべてを通じて（ただし、能だけは除外しておこう）、お伽草子ほど、超現実の広大な物語的空間を開拓したジャンルはないのである。

もちろん、あくまで古い民族説話を基礎としたものであるから、神仏や妖怪や動物が登場し活躍するといっても、それらは一種のアレゴリー（寓意）にすぎず、近代の幻想文学に見られるような、奔放なイマジネーションの飛躍は求むべくもない。鳥や獣も多く擬人化されているので、その世界は平板であり、真の意味の幻想ではないのである。ただ、それは中世の物語としては、洋の東西を問わず、あまりにも当然のことなのであって、そこにお伽草子の欠点を見るのは全く筋違いと言わざるを得ないのだ。

ヨーロッパ中世のキリスト教の本地物や霊験譚を眺めても、日本の室町時代のそれと全く同じい、類型化、寓意化、あるいは擬人化のパターンが認められる。それは中世文学一般の特徴なのである。だから私たちは、そういう中世文学の約束の中で、当時の民衆が楽しんだにちがいない、素朴な空想や驚異を味わいさえすればよいのである。近代の目が欠点と見るものを、逆に魅力と感じるような目をもちさえすればよいのである。

また別の見地に立てば、お伽草子は、日本人の心の遺産ともいうべきフォークロアの宝庫でもあろう。折口信夫の貴種流離譚もここにあるし、胎内回帰願望やエディプス・コンプレックスを思わせる、魔界めぐりや妖魔退治の伝説もここにある。

私はとくに、「猿源氏草子」や「猫の草子」のような異類物、また「梵天国」や「御曹子島渡」のような異郷遍歴物ないし仙境説話の系列を好むが、ここでは、室町時代の数多くの物語のなかから、あまり知られていない「鏡男絵巻」という小篇をとりあげてみたい。


近江の国の片田舎に住む男が、あるとき京都の四条町通へ行くと、田舎では見たこともない珍しい鏡を売っている。鏡の中には、美しい女房や、いろんな宝物がぴかぴかと映っている。男はびっくりし、鏡の中に宝物や女がいるのだとばかり思って、大金を投じて買って帰る。そして母や女房にも見せず、唐櫃《からびつ》の底ふかく鏡をかくしておく。女房がこれをあやしんで、男が家を留守にしているあいだに、こっそり唐櫃をあけてみる。すると、光った丸いものの中に女がいるではないか。もちろん、これは自分の顔が映ったわけである。

「さては都から新しい女房を連れてきたな」と女房は、嫉妬で青くなって、わなわなと震えながら、帰ってきた男に大声で問いただす。女房の怨みごとがあんまりやかましく、隣近所に聞こえて恥ずかしいので、やがて男はやけくそになって、「ええ、この鏡さえなければ」と思い、先祖代々から伝わる刀をとり出して、鏡を粉々にたたき割ってしまう。その勢いに恐れをなして、母と女房は家をとび出して、どこかへ逃げて行ってしまう。

ところが、汗水たらして鏡を粉々にたたき割ってみると、その鏡の破片の一つ一つに、やっぱり人の顔が見えるではないか。「これは化けものだ」と思うと、男は身の毛もよだつほど恐ろしくなって、今度は弓に矢をつがえて、鏡をねらって何度も射る。そしてまた鏡をのぞいてみるが、化けものは一向に弱った様子もない。男は「あきれはて、高名もいのちのありてこそと、とるものもとりあへず、いづくともなく出にけるが、後よりひか〳〵と追はるるやうにて、野くれ山くれゆくほどに、深山にぞ入りにける。」

話はこのあと、一転して仙境説話のような趣をおびてくるが、私が何よりおもしろいと思うのは、鏡のような文明の小道具が、この物語のなかで、主要な役割を演じているということなのである。しかも、鏡の呪術的な魔力ではなく、鏡の物理的な性質を笑いの対象にしているのだ。「鏡はそのころ、はじめて熊野よりひろまり、都にばかりこそありけるを」と本文にもあるが、この場合の熊野とは、単なるきまり文句で、熊野信仰の場所たるにすぎなかろう。ガラスの鏡が使われ出すのは江戸末期からだから、むろん、この物語の鏡は銅鏡でなければならぬ。

「鏡男絵巻」には、かつて土佐光信筆と伝えられる絵巻の原本があったそうである。土佐光信と言えば、私がただちに思い出すのは「百鬼夜行絵巻」であり、そしてまた、妖怪画家としての日本の光信と、フランドルのボッシュやブリューゲルとを比較した、リトアニアの美術史家バルトルシャイティスの名前である。

ボッシュやブリューゲルに、わが室町時代の鏡男の狂態を描かせてみたならば、いかがなものであろうか。民衆の浮かれ騒ぐシーンを描くのを得意としたブリューゲルには、格好な題材となるであろう。

そう言えば、ボッシュの祭壇画「地上の楽園」の右側パネルには、奇怪な獣の尻にはめこまれた鏡を見て、気絶してしまった裸体の女の図がある。これをそのまま、「鏡男絵巻」の挿絵として使ってもよさそうではないか。

東と西の裸体像

ルネサンス絵画の画集をひらいて、たとえばウッチェロの「夜の狩猟」図などをつくづく眺めていると、「ああ、きれいだな。まるで日本の絵巻物みたいだな」と思うことがある。

暗い森のなかで、鹿を追って跳ねまわっている犬どもが、いずれもすらりとのびた、まことに優美な躍動の姿態を示しているので、なにか音楽的な調和の感じさえするのである。それに、何とまあ色の美しいことよ！

いわゆる「国際的ゴシック様式」の影響を受けたイタリアの画家が、東洋的と言ってもよいほど、甘美な装飾性と抒情性を示しているのは、私には、ただただ不思議な気がするばかりなのである。

私の好きなシモーネ・マルティーニも、そういう画家のひとりだと言ってよいだろう。

この十四世紀シエナ派の画家の傑作「グイドリッチオ将軍騎馬像」も、マティエールや大きさを別とすれば、やはり私には、絵巻物のなかの騎馬武者のように見えてしまうし、名高い「受胎告知」のなかの身をくねらせたマリアの姿態には、どこか浮世絵の女の媚態を思わせるような、艶冶《えんや》なものを感じてしまう。キリスト教美術の枠を乗り越えて、私たちにも直接に訴えかけてくるような情緒が、そこにはあるような気がするのである。

こんなことを言っていたら、たぶん切りがないにちがいない。もっとやってみよう。クラナッハのエロティックな痩せた裸婦には、デカダンス期の浮世絵の凄艶な遊女の面影があるような気がするし、カルパッチョの「二人の娼婦」には、同じく初期浮世絵の大らかな遊女のイメージが重なって見える。美術史を頭から無視した、勝手気ままな連想で、いくらでも東西美術の比較ができるのだ。

そこで、こんなことを考える。古今東西の美人画をあつめて、その一つ一つに、いかにもそれにふさわしい恋愛詩、もしくは女人讃美の詩を添えてみたら、さだめし面白い一冊のアンソロジーができるのではあるまいか、と。それはまた、目で見る世界の恋愛風俗史といった趣のものにもなるだろう。現にヨーロッパには、そういう作品がちゃんと出来ているのである。

たとえばリルケの『果樹園』のなかの「夏の日に歩く女」——

見たまえ、ゆっくりと歩いて来る
幸福そうな散歩者を——羨しい　あの女の人を。
道の曲り角で　彼女は
往時《そのかみ》のみごとな紳士らに　挨拶されねばなるまい。

日傘の下で　受動の優雅さで
彼女は　やさしく振舞う——
あまりとつぜんな光から一瞬間顔を隠し
影を取り集めて　その影に顔を照らし出される。

（片山敏彦訳）

この詩には、印象派の画家クロード・モネの「日傘の女」が、まさに打ってつけなのである。
詩も絵も、いかにも前世紀のベル・エポック（良き時代）を感じさせる、味わい深いものだ。
また、ボードレールの『悪の華』のなかの禁断の詩篇「宝石」——

愛《いと》しき女《ひと》は素肌にて、わが好みを知れるゆえ、
響き合う宝石のみぞ身につけぬ。
その華麗《あて》なる飾りのうつくしく、祭の日の
モオルの奴隷女のごとき驕れる風情を見せたり。

少年の半身に美女アンチオプの腰を結びつけし
新しき素描を見る思いのして、
彼女の胴は骨盤を際立たせたり。
褐色《かちいろ》の頬に匂う紅白粉の麗わしさよ！　（矢野文夫訳）

このエロティックな詩には、後輩のギュスターヴ・モローに影響をあたえた東洋趣味の画家、シャセリオーの「エステルの化粧」が似つかわしい。これが「宝石」にぴったりの、妖しい魅力のある裸婦像であることは、私にも文句なく認められるからである。

英国の美術史家ケネス・クラークは、名著『裸体論』のなかで、どんな種類のそれであれ、裸体像は必ず観賞者に対して、抜かりなくエロティックな感情を掻き立てるものでなければな

らない、ということを述べている。私も全くその通りだと思う。エロティックでない裸体像は、アルコール分の抜けた酒のようなものではないだろうか。

またクラークは日本の浮世絵を、厳密な意味で裸体像とは認めていない。そこには全体性へのギリシア的信頼がないからである。歌麿の春画には、素裸の肉体が決して描かれていないのである。なるほど、そう言われてみればその通りにちがいない。再構成された肉体のイメージ、理念としての裸体は、超越神の観念と同じく、もともと私たちの風土には縁がなかったもののようである。

どうやらクラナッハと浮世絵を結びつけた私の勝手な東西美術比較論は、これですっかり形なしになってしまったような塩梅である。

〔初出：「読売新聞」1973（昭和48）年7月2、9、16、30日〕

今日の映像

映像とイメージ

テレビだけが「今日の映像」ではあるまい。私はほとんどテレビを見ない生活を送っているので、テレビについて語ることは何もない。しかし、それでは私の生活に、イメージが貧困であるかというと、そんなことは決してないと自分では思っている。

イメージを最も豊かにする方法は、目をつぶることである。これは逆説でも何でもなく、哲学者にいわせると、「想像的意識はその対象物を空無として措定する」ということになる。しかし、何もそんなむずかしいことをいわなくたって、私たちは昔から、最も親しい人のイメージを思い浮べる時には無意識に目をつぶるのである。

したがって、あたえられた映像を追っているだけの人間は、最もイメージの貧困な人間である、ということができるだろう。

映像の洪水が押寄せれば、イメージはますます貧困になるにちがいない。どうやらイメージと映像とは反比例するらしいのである。

それで思い出すが、近ごろ、子供の玩具として、積木というものがどこにも見当らなくなってしまったことを、私はつねづね、じつに残念なことだと考えている。単純な立方体、直方体、三角柱などで組立てる積木の建築は、幼児の想像力、構成力を限りなく豊かにするだろう。それはシンメトリーや均衡という秩序感覚を養うと同時に、また瓦解への期待、破壊の喜びをもあたえるのだ!

大げさにいえば、積木という玩具のなかには、天地創造と終末論とが、ちゃんと含まれているのである。単純であればあるだけ、イメージは自由に、奔放に展開するのである。

思えば、私たちの少年時代には、こうした積木のような玩具以外にも、想像力の自由な展開を許すような、単純素朴なイメージ玩具が、まだまだたくさん残っていたような気がする。

昭和の初期まで存続していたらしい「のぞきからくり」などは、子供の見るべきものではなかったろうが、私たちの少年時代にも、幻灯、針孔写真、日光写真、パノラマ、カレイドスコープ、プラネタリウム、さては凸面鏡や凹面鏡を用いた鏡の遊戯機械などがあった。これらのイメージ玩具が提供する単純な映像には、今日の映画やテレビが提供する、高度に組織され管理された映像とはまるで違った、何か孤独な、なつかしい、高貴な性格があったような気がするが、それは私だけのノスタルジーにすぎないだろうか。

私は、ここで技術の発達の歴史を思い返さずにはいられない。

今日の写真機の前身ともいうべきカメラ・オブスクラ（いわゆる「暗箱」）を初めて製作したのは、十六世紀のナポリの博物学者バッティスタ・デッラ・ポルタだといわれており、幻灯（「魔法のランタン」と呼ばれた）の装置を発明したのは、十七世紀のドイツのイエズス会士アタナシウス・キルヒャーだといわれている。ところで、彼らはいずれも当時にあって、技術者であるよりはむしろ魔術師と呼ばれるべき人間だったのである。

ここで問題になっている魔術師とは、グスタフ・ルネ・ホッケの言葉を借りれば、「有用なものと快適なものとをごっちゃにし、遊びながら人間の本当の顔を開示する」人物のことだ。

近代産業革命以後、魔術は組織され管理されて、もっぱら有用性を追求する技術のなかに組みこまれ、遊びの要素を喪失して、次第次第に、つまらないものになっていったような気がする。へんな例を持出すようで恐縮であるが、魔術が組織されて技術に堕落してゆく過程は、それ自体としては残酷ではない人間の暴力や闘争本能が、徐々に組織されて戦争になっていった過程と似ているのではないか、と思われる。

戦争は昔から残酷なものと相場が決まっていたが、それでも最初は、祭と似たような性格のものであり、儀式の執行に似た規則にしたがって行われた、と考えてよい理由があるのである。ジョルジュ・バタイユによれば、「原始時代には、戦争は贅沢なものだったように思われる。」それがひたすら残酷な、忌わしいものになったのは、近代とともに暴力が組織されたからにほかなるまい。

暴力が組織されて戦争になり、魔術が組織されて技術になったように、今日、イメージは組織されて映像というものになってしまったらしい。かくて映像は毎日のように、私たちの目の前に、うるさく付きまとうことをやめない始末である。それは一種の公害にまでなっているのではなかろうか。——これが、人類の追いこまれた近代文明の袋小路というものであろう。

そういうわけだから、私にとっては、「今日の映像」は、ひたすら呪わしいばかりであって、これに期待するものは何一つとしてないのである。むしろ映像を拒否して、私たち自身の自発的なイメージを復活することこそ、急務であろうとさえ思われる。

この文章のなかで、私はこれまで、故意に映像とイメージとを対立するもののごとくに扱ってきたが、本来ならば、この二つが一致するものでなければならないのは明らかであろう。映像の送り手と映像の受け手とが、同じ驚異を分ち合う幸福な瞬間は、しかし、今日のマス・メディアの範囲においては望み薄であろう。期待を裏切られて腹を立てるよりは、最初から期待しない方が精神衛生上にもよろしい。だから、私自身は、できるだけ映像を遠ざけているのである。

あんまり絶望的なことばかり書きならべて、世の中を惑わすのもどうかと思うから、最後にただし書きをつけ加えておく。本当のことを言えば、私も一年に一度ぐらいは、気まぐれを起してテレビを見ないわけでもないのだ。たぶん、総計五分間ぐらいは映像に親しんでいる勘定になるだろう。

原点の探索

近ごろ流行の「映像文化」などというような言葉を聞くと、私は何だか馬鹿馬鹿しくなって、噴き出したいような気分になってしまう。

イメージと観念との密接な関係は、人類が洞窟に住んでいた先史時代からすでに存在していたのであって、ただ現在では、それを表現するメディア（媒体）の数が幾らかふえたというだけの話ではないか。ラスコーやアルタミラの洞窟では、壁に描かれた野獣の絵が、いわば一種の映画であり、一種のテレビだったのではないか。本質的には何も変っていないのではないか。──私にはどうしても、そんな気がしてならないのである。

話を簡単にするために、あいまいな映像という言葉を限定してみよう。絵画や建築におけるイメージを除外して、写真、映画、テレビのように、もっぱら光の物理的な性質の利用によって描き出されるイメージのみを、かりに映像と呼んでみることにしよう。つまり、フィルムやスクリーンやブラウン管の上に形成されるイメージだけを、かりに映像と呼ぶことにきめるわけだ。

たしかに写真術の発明は、美術の歴史にとっては一つの革命だった。それまで、すべての画家にとって、ほとんど絶対の目標であったリアリズムという観念が、これによって無意味なものとなってしまったからである。単なる外界の模写ならば、絵筆よりもレンズの方が正確にきまっている。写真術の発明以後、二十世紀の美術の世界で、この模写としてのリアリズムの観念は、ほぼ完全に威光を失ってしまったと称してよいだろう。

映画の発明は、この映像の世界に運動を導入したということで、これまた革命的な事件であった。これによって私たちは、好むと好まざるとにかかわらず、ベンヤミンのいわゆる「複製技術の時代」に突入したのである。芸術作品の礼拝的価値、歴史的事件の「一回性」の神話は、この動く映像の記録とともに、あわれにも骨抜きにされてしまった。社会主義もファシズムも、この利用価値のあるメディアにとびついた。

テレビの普及は、要するに、こうした傾向にさらに拍車をかけているということだろう。テレビは、映画よりもっと精神の集中を必要とせず、映画よりもっと礼拝的価値を寄せつけない、新しい大衆参加の鑑賞形式である。ひたすら受身の鑑賞形式である。

自分で味を調合しなくても、ただ湯を注ぐだけで食えるように出来ているインスタント・ラーメンや、そのほかいろいろな冷凍食品は、その鑑賞形式において、テレビときわめてよく似ているような気がする。よかれあしかれインスタント食品は、テレビ時代にふさわしい革命的な発明なのかもしれない。

しかし前にも述べたように、私のような疑いぶかい人間には、はたして映像というものが、あるいは複製技術というものが、ベンヤミンの言うように、それほど新しいものなのだろうか、それほど革命的なものなのだろうか、という疑念をどうしても拭い去ることができないのである。ベンヤミン先生には申しわけないが、映像文化の現在および未来に対しても、それほど楽天的にはなれないのである。

たとえば、私の大好きな上田秋成の次の一首——

更科や姨捨山の風さえて田ごとにこほる冬の夜の月

これなんかは、昔から自然も立派に複製技術を所有していたという事実を、まざまざと示すものだとは言えないだろうか。

どうやら私の考えるのに、近代のもろもろの発明や発見には、すべて例外なく、過去にその祖型（アーキタイプ）があり、そのモデルがあったらしいのである。

たしかに飛行機を初めて地上から空中に飛ばしたのは、二十世紀初頭のライト兄弟でもあったであろうが、飛行機のアイデアはレオナルドにもあったたし、そもそもギリシャ神話のダイダロス以来、それは人類の普遍的な願望でもあった。周知のように、原子の理論はデモクリトス以来のものである。人工子宮の理論を最初に唱えたのは錬金道士パラケルススだった。近ごろ脚光を浴びている分子生物学の急速な発展を促す端緒となった、例のＤＮＡ（デオキシリボ核酸）の二重螺旋構造にしても、すでにゲーテの「植物変態論」によって、それは漠然と予感されていた。

私はべつに、ここで今更らしく、「天が下には新しきものなし」という陳腐な哲学を述べ立てようとしているわけではない。そうではなくて、私たちの未来への一歩は、まず過去を探ろうという姿勢によって方向性をあたえられるのではないか、という一つの単純なパラドックスを提示しているまでだ。

建築家の白井晟一《せいいち》氏は、「類推するよりほかにない未来を描く無責任よりも、確かな現在をつくるため、その現在に絶えずのめりこんで拘束、規定する過去を学ぶべきだ」と述べているが、これは単に建築の領域ばかりではなく、文化のすべての領域に押しひろげても有効な発言であろうと思う。

おそらく、映像の氾濫する今日の日本において、私たちに希望をあたえる唯一の事実は、食い入るような目でテレビの怪獣を眺めている無邪気な子供の存在であろう。彼らこそ、ラスコーやアルタミラの洞窟で、壁に描かれた野獣の絵を、驚異の目をもって眺めた私たちの先祖の感情に、やや近い感情を共有している者たちにほかならないからだ。

新しいものは古いのであり、古いものは新しいのである。それ以外のものは、すべて泡のように現れては消えてゆく風俗にすぎない。風俗はデザイナーとファッション・メーカーにまかせておけばよろしい。

映像は、昔から魔術と深く結びついていたが、今日では、それが子供や狂人の世界で、わずかに生き残っているだけである。ところで、魔術としての映像は、ただちに礼拝的価値に結びつくので、本来ならば、それは最も非テレビ的なものと言うべきなのである。テレビの原理は、精神の集中を要求しないことである。したがって、子供に対する怪獣テレビの関係は、テレビの自己否定を意味するものだろう。(とはいうものの、もちろん、怪獣のイメージも無限に再生産され、複製されれば、やがて受け手は習慣化するだろう。)

もしも映像が完全に魔術的な効力を保っているならば、人間が映像によって破滅するということだって、大いにあり得ることだろう。私はべつに冗談を言っているのではない。ギリシャ神話のナルシスは、映像によって破滅した最初の人間ではなかったろうか。

怪獣とエロティシズム

近頃、映画館にも画廊にも、とんと御無沙汰してしまった私ではあるが、それでも今年になって、映画を二本、展覧会を一つだけ見た。映画はパゾリーニ監督の『カンタベリー物語』とアメリカの長編アニメーション『フリッツ・ザ・キャット』であり、展覧会はプレイボーイ・コレクションの「ナウ・アメリカン・アート」展である。

この三つ、それぞれジャンルも傾向もまったく違うけれども、共通していることが一つある。それはエロティシズムということだ。念のためにお断りしておくが、私は、そういう作品をわざわざ選んで見たわけではなく、そういう作品に偶然にぶつかっただけの話なのである。『カンタベリー物語』にも『フリッツ・ザ・キャット』にも、そのものずばりのファッキング・シーンがしばしば出てくる。あからさまに男性の腰部の運動が見てとれる。ただ、前者はルネサンスふうの笑いにみちた歴史物であり、後者は今日のアメリカの体制を諷刺した、しかも動物が主人公の漫画なので、ファッキング・シーンとは言っても、湿っぽい情緒的な描き方ではなくて、明るくさばさばした描き方になっている。むろん、どこから見てもワイセツなどというようなものではない。

そういう点では、「ナウ・アメリカン・アート」展も同じであった。プレイボーイ誌のイラストレーションのために制作された作品であるから、いずれもピン・アップ的な要素があるのは当然であり、多くヌード女性が題材になっているのも当然である。しかし、そのエロティシズムは、あえて言うならば「白昼のエロティシズム」であって、そこには湿っぽいところや暗いところが一つもないのである。

「ナウ・アメリカン・アート」展の会場は、都心の繁華街に立つビルの五階である。閑静な場所で、長髪の若い男女の観客の姿が、ちらほらしているだけである。中央に、ジョージ・シーガルやフランク・ガロのエロティックな彫刻作品が、ひっそりと立っている。しかし観客も作品も、お互いに全く無関心のようで、ひょっとして彼らの立場が入れ代っても、誰もそれには気がつかないのではあるまいか、と思われるほどの雰囲気である。

私は自動エレベーターのボタンを押して、会場に着き、だまって会場をひとめぐりすると、ふたたびエレベーターのボタンを押して、ビルを出、そのまま街頭の群衆の中にまぎれこんだ。大そうクールな鑑賞の仕方である。

美術鑑賞の仕方も変ったものだな、と私は考えざるを得なかった。鑑賞の仕方ばかりでなく、内容も変ったのだ。それは水割りウイスキーのように、エロティシズムを水で薄めて大衆化してしまった。

今日、ポルノグラフィーなどというものは、まことに残念ながら、もはやどこにも成立しなくなっているのではなかろうか、と私は思った。前世紀の怪獣が子供の玩具のなかで復活するように、それは大人の夢のなかに、ミニアチュアとして復活する以外には生き残る道がないのかもしれない。そうだ、エロティシズムとは怪獣なのだ。可愛らしい怪獣なのだ。……

そんなことを考えていると、私は少年の時分、たぶん昭和十三年か十四年頃だったろうか、都内の某デパートで催された、ナチス・ドイツから親善のために送られてきたものとおぼしい、ドイツの子供たちの絵の展覧会を見に行ったことがあったのを卒然と思い出した。

今でもはっきり記憶にとどめているが、そのとき私が展覧会場で見たものは、ほとんどすべて、ジークフリートと戦うファフニールの絵ばかりであった。私はびっくりした。ファフニールとは、ニーベルンゲン伝説のなかに出てくる、地中の宝を護っている竜であり、英雄ジークフリートに討たれて死ぬ怪獣である。

さらに私が子供心に驚嘆の念を禁じ得なかったのは、そのファフニールの姿が、稚拙ながら、じつに克明な細密描写によって描かれていたことである。竜の鱗の一枚一枚が、まるでデューラーの銅版画のように、細い鋭い鉛筆で、丹念に描かれていたことである。私たちが小学校時代、クレヨンで画用紙に描きなぐっていた野獣派風（？）の絵とは、まるっきり違うのである。

このエピソードは、本文の趣旨とは何の関係もない。ただ、戦争中のドイツの子供も、怪獣に夢中になっていたらしいということを、たまたま思い浮んだ私の遠い記憶のなかから引っぱり出して、ちょっと御紹介したまでのことである。もしかしたら、私とほぼ同年のエンツェンスベルガー氏なんかも、その頃、せっせとファフニールの絵を描いていたかもしれないのだ。

閑話休題。——

私たちの文明は、ようやく退行しはじめたような気がしてならない。少なくとも映像の面においては、あらゆる文化の他の面に先んじて、幼児退行の傾向が顕著になり出したような気がしないだろうか。というよりも、私には、そもそも映像というものが、人間の普遍的な退行の願望を背負わされて登場してきたメディアのような気がしてならないのである。だから、退行するのは当り前なのだ。

アメリカでもフランスでも、もっぱら大人の読物として、エロティック漫画が流行しているのは面白い現象である。ポップ・アートやネオ・ダダ以来、日常世界の断片やオブジェを利用して作品を構成するという傾向は、イラストレーションや広告の世界でも、いよいよ顕著になりつつある。コラージュとは、そもそも子供の遊びなのだ。よしんばマリリン・モンローの写真を利用するにせよ、である。

最近では、スクリーンや光を利用して、いっそう大がかりな映像を作り出す試みが行われているらしいが、それだって、要するに、幼児化現象がテクノロジカルに肥大したのだと考えれば考えられないことはなかろう。

私は必ずしも、この幼児退行の現象を憂えているのではない。おそらく、あらゆるユートピアは退行の夢である。テクノロジーは退行の夢を促進させる。すでにして私たちは、エロティシズムをも、愛すべき怪獣として馴致《じゅんち》してしまったではないか。また何をか言わんや、である。

〔初出：「朝日新聞」1973（昭和48）年1月22日、2月20日、3月23日〕

現代犯科帳

自由としての犯罪

——マーガレット・ミード女史の人類学的調査報告によると、南太平洋のバリ族のあいだでは、母親や子守り女が男の子にマスターベーションを教えてやるのだそうだ。小さな男の子のペニスは、周囲の者みんなから、たえず引っぱられ、くすぐられ、いじくりまわされる。そして彼らが繰り返す言葉は、「りっぱ、りっぱ、りっぱ……」というのだな。つまり、「立派に成長しろよ」というほどの意味だろう。

——藪から棒に、いったい、何の話をはじめるつもりなのかね。

——幼児教育とセックスの問題……というよりも、ずばりと言って、幼児姦の問題さ。

——ははあ、読めた。つい一ヵ月ばかり前に新聞種になったノンちゃん殺し、男の子を性的に玩弄して殺したという、例の変質者の中年男の問題に、話を持って行こうというのだな。南太平洋の島々では、白昼堂々、教育者が男の子のペニスをいじくりまわす。しかるに、わが日本国のみならず文明国一般においては、同じ行為をした者が変質者と呼ばれる、というわけか。しかしだね、地域によって風俗習慣が変る、風俗習慣が変れば道徳や法律も変る、といったような犯罪弁護の議論は、いささか古典的すぎて、もう通用しないのではないかね。そう言えば、きみのお好きなフランス十八世紀のリベルタンも、そんな議論ばかり、飽きもせずに繰り返していたような気がするがね。

——早合点してくれるなよ。おれは何も、十八世紀風の犯罪弁護論を開陳しようなどという気はないのだから。南太平洋の話は、ちょいとマクラに振っただけさ。当今流行の文化人類学に色目を使ってね。

——文化人類学より、この際、性病理学の方でやってくれると有難いんだがな。たとえば、ノンちゃん殺しの例は、ペドフィリア（幼児姦）とサディズムの共存、とでもいうのかね。しかし一般に、小児を玩弄することを好む者は、気がやさしくて、殺人までは犯さないというが……

——そんなことは大学の研究室の心理学者にでも解説させておけばいいじゃないか。分類は馬鹿らしいよ。おれの考えるのに、いわゆる性倒錯には無限の組み合わせが可能なのだ。それに、コンプレックスと同じで、新らしく名前さえつければ、いくらでも別種の性倒錯が生まれてくるものなのだ。社会生活が複雑になれば、それだけコンプレックスや性倒錯も複雑多岐をきわめるだろうさ。フランツ・アレクサンダーという心理学者の創始した「自動車コンプレックス」というのを知っているかい。たぶん、そのうちには、カー・セックスがさらにエスカレートして、自動車そのものと性交することを好む、孤独な変質者が現われるようになるかもしれないぜ。これを名づけてオートモビルフィリア（自動車姦）というのさ。

――宇宙人じゃあるまいし、まさか。

――ま、それは冗談にしても、たしかにコリン・ウィルソンの言う通り、すでに「古典的」殺人の時代は去った、という気がしないこともないね。ノンちゃん殺しをも含めて、去年アメリカで起ったシャロン・テート殺人事件に端的に見られるような、動機らしい動機もない大量殺人というやつが、おそらく、二十世紀の欲求不満的殺人の特徴なのだろうな。

――それは分るのだがね。ここで言わせてもらえば、いつもおれが腑に落ちない思いをするのは、そうした犯罪の生ずる原因というやつだな。そもそも原因なんて、あるのかね。大方の識者は、まずこれを人格の歪みに求める。次には、その人格の歪みの生じた原因として、社会の歪みが云々される。それで行きどまりなのだな。それ以上どこかへ突き抜ける道はないのかね。

――その話、まったく同感だな。参考になるかどうか分らんが……おれはね、新聞で犯罪の記事に接するたびに、きまってこう思うんだ、「どうしておれが犯人ではないのだろう。どうしておれは犯罪を犯さずに済んでいるのだろう」とね。実際、考えてみれば不思議なことじゃないか。おれがこうして人も殺さずに、この糞面白くもない世の中に生きていられるなんて。

――それはきみ、己惚れというものだ。

――皮肉だね。しかし、そうにはちがいない。残念ながら、おれには何がしの知的能力があり、何がしの経済的余裕があり、また、過去に何人かの女性に惚れられたという、何がしの性生活上の実績さえもある。これでは、どこにも犯罪を犯す余地がないと見られるのは当り前だ。

――そんなに謙虚にならなくてもいい。

――また皮肉か。ところで、人間をして犯罪者たらしめない所以のものは、おれの場合によっても分る通り、じつに小っぽけな自信、というよりもむしろ、社会に適応しているという卑小な満足の意識なんだな。こんなものは自己否定すべきだろう。

――今度は全共闘みたいなことを言う。

――人間の自由の問題に思いをひそめた過去の小説家は、きまって犯罪者を主人公とした作品を書いたね。つまり、犯罪者に感情移入をしたね。どうやらコリン・ウィルソンの言う通り、犯罪というのは、社会的問題でもなければ心理学的問題でもなく、さらに道徳的問題でさえなく、もっぱら実存的問題であるらしいな。

――ノンちゃん殺しのような、つまらない犯罪でもそうかしら。

――ジャン・ジュネの小説の主人公は、デパートで銀製のライターとシガレット・ケースを万引する。万引が発覚し、刑事に手首をつかまれると、彼の目の前に「新らしい宇宙が一瞬の間に出現し、世界は手袋のように裏返しになる」のだ。

——目くるめくような自由の瞬間、というわけか。きみはそれを渇望するのかね。

——だからさ、それには自己否定が必要だろうと言ってるじゃないか。繰り返すけれども、道徳の問題じゃないんだ。おれは経験したことがないから何とも言えないが、それはたぶん、死ぬほど激しい精神的オルガスムを伴うものじゃないのかね。傑作を書いた小説家と同じで、犯罪者は精神的死骸だろうよ。また文学的修辞だと嗤われるかもしれないが……しかし、おれも人間だからね、テレンティウスが言ったように、人間的なものは何事によらず、おれにとって無縁ではないと思っている次第さ。まあ、このくらいで勘弁してほしいね。

ポルノと麻薬

——「展望」の読者はまじめだから、ポルノなんぞに縁はないかもしれないけれども、近頃、秘密のルートで税関を突破して、この日本にも、スエーデン、デンマーク、あるいはアメリカあたりのポルノグラフィーが、かなり大量に流れこんできているらしいのを、きみはご存知かね。

——そうらしいね。まあ、お互いに「らしい」ということにしておこう。やばいからな。

——スワッピング、フェラティオ、獣姦などは、もう珍らしくも何ともなくなってしまった。ヴェトナム戦争と同じで、だんだんエスカレートして、ついには泥沼状態におちいる。何でも最近の話では、かの有名なアメリカの「プレイボーイ」誌の一月号と二月号とが、日本では販売できないことになり、輸入業者が全冊を返品したという。その号の折りこみピンナップ・ヌードに、デルタ地帯が露出していたわけだ。その部分を黒く塗りつぶせば通らないこともないのだが、その手間が大変なので、結局、アメリカへ送り返してしまったということらしいよ。

——笑い話みたいだね。とにかく、アメリカもいよいよ北欧並みに、ポルノ解禁の風潮をエスカレートさせつつあるようだな。

——ニクソン大統領は、ポルノの氾濫に頭を痛めているとかいう話だがね、しかし、おれの思うのに、アメリカの支配者たちの潜在意識面においては、むしろポルノの氾濫を喜んでいるといったところがあるのではないかしらん。だって、反戦運動や黒人暴力組織などの反体制的エネルギーを吸収してしまうのに、ポルノくらい有効な武器はあるまい。

——さあ、そうとばかりも言えないだろう。エロティシズムは両刃の剣だからね。早い話が、国家的な戦意昂揚のためには、ポルノは有害な結果を及ぼすにちがいないぜ。第一、いわゆるドロップ・アウトを志向するヒッピーたちの厭戦的雰囲気は、そのままエロティシズムのニルヴァーナ的傾向と一直線につながっているじゃないか。さらに言うならば、反体制運動の暴力的側面が、ポルノの衰弱したエロティシズムなどを吹き飛ばしてしまうほどの、エロティックな燃焼をもたらす場合だって、あり得るだろうじゃないか。

——なるほど。それもそうだ。すると、エロティシズムは必ずしも体制側のものでもないし、また必ずしも反体制側のものでもない……

——いや、そういう問題提起の仕方がおかしいのではないかね。日本の進歩的評論家先生の多くは、エロティシズムと反体制とを結びつけようと躍起になっていらっしゃるようだが、そう簡単には行かないよ。アントナン・アルトーは、ローマの少年皇帝ヘリオガバルスを、いみじくも「戴冠せるアナーキスト」と呼んだけれども、サドの小説を読んでもお分りのように、権力の絶頂でみずからエロティシズムの化身となった大犯罪者的人物は、歴史上に何人かいたと思うね。しかしまあ、話をあまり大きくしても、問題が拡散するばかりだ。さしあたって、おれたちが話題にしていたのはポルノだったろう。

——そう。そこで、また一つ、おれの独断的な意見を述べさせていただけば、二十世紀後半における国家の権力構造を最も端的に反映するのは、ともするとポルノの普及度ではあるまいか、と思うのだな。そもそも、公認されたポルノというのは言葉の矛盾であって、ポルノは秘密であればあるだけ、その偉力を発揮するのだろう。

——その通りだ。日本なんか、まだまだポルノの生きのびる余地があるわけだ。

——もし社会保障に似たセックスの保障を、性教育やポルノなどを媒体として、国家が行うようになるとすれば、おれたちのエロティシズムは管理され、選択の余地のない、画一的なものになってしまう。スエーデンの若者の無気力ぶりを見たまえ。

——異議なし。おれたちはあらゆる性教育や、性表現の自由化に対して、断乎として反対しなければならぬ……

——おいおい、ちょっと待ってくれ。おれは必ずしも、そこまで言うつもりはなかったんだ。

——はっは。まあ、それは冗談にしてもだね、かつては喧嘩相手だった性教育とポルノ（つまり、前者は美徳の代表で後者は悪徳の代表）が、福祉国家という枠のなかで手を結んだというのは、何にしても、驚くべき人間進歩のパラドックスではないだろうかね。

——進歩の幻想だな。

——ジョルジュ・ソレルの本の題だね。

——昔、「宗教は阿片である」と喝破した人がいたが、いずれ「ポルノは阿片である」などと叫び出す革命家がスエーデンあたりに現われるのではないかしらん。

——その阿片、いや麻薬についても、ポルノに似た大衆化の現象が急速に起っているらしいね、世界的に。禁止の網の目をかすめて、マリファナはどんどん日本にも上陸しているじゃないか。

——麻薬のメッカはスエーデンではなくて、むしろ東洋、インドあるいはカトマンズーだろう。ここでは、マリファナに似たハシッシュという麻薬が公然と売られているし、ハシッシュ用のパイプまで店に揃っているということだよ。ヒマラヤ山麓の高地で生活している人々には、これが必需品なんだね。シベリアの農民にウォッカが必要なのと同じ理窟で、べつに不健康なものでも何でもないのだ。

——アメリカでも、これほどマリファナ人口が増大しているとなれば、遠からず、社会がマリファナ解禁に踏み切らざるを得なくなるのは必至だろうね。そして、やがてポルノとマリファナが全世界を征服するであろうとき、突如として、最後の審判のラッパが鳴り響くのではあるまいかと、おれなんかは、ひそかに期待しているわけなんだけど。

——とうとう出たね。それが言いたかったんだろう。しかし、おれたちが今まで、やれポルノがどうの、やれ麻薬がどうのと、愚にもつかぬ議論を重ねてきたのも、主として西側資本主義国についての話であってね、ソ連や中国においては、事情が全く別だということも忘れるべきではあるまい。

——忘れてるもんかね。ソ連や中国においてこそ、今後、ポルノやマリファナがどんな偉力を発揮するか、興味津々たるものがあるじゃないか。坂口安吾じゃないけれど、「人間だから堕ちるのであり、生きているから堕ちる」のさ。

二つの小平事件

——あれは……あの事件は……敗戦の翌年だったかな。例の璽光《じこう》様の事件などと並んで、敗戦直後の混乱期のもっとも象徴的な犯罪だったね。なにしろ小平義雄といえば、色魔の代名詞にまでなったほどだからな。当時、おれは旧制高等学校の二年だったものだが、〝小平〟という渾名の教師がいたぜ。たしか倫理学の先生だった。

——はっは。それは傑作だね。

——今年は昭和四十六年だから、指折り数えてみると、ほぼ二十五年の周期ということになるわけか。大地震の周期は五十年とか六十年とかいわれているから、こっちの方がずっと早いようだね。

——なにを馬鹿なことを言ってるんだい。強姦殺人事件と自然現象とを一緒くたにするやつがあるものか。

——しかし、サド侯爵の意見によると、地震とは地球の発情によって生ずる現象だそうだから、あながち関係がないとも言い切れまい。地球と人間のアナロジーで言えば……

——やめろよ。そんなOccultismはどうでもいいよ。それより、このところ毎日の新聞にでかでかと出ている、いわゆる群馬の小平事件に早く話題をしぼろうじゃないか。

——やりにくいなあ。だって、まだ事件の全貌は明らかになっていないんだからね。群馬県警は、行方不明の娘さん七人を公開捜査に踏み切ったというが、今日か明日あたり、意外にひょっこり無事な姿で現われるかもしれず、また誰だって、そうであってほしいと願っているわけなんだろう？　この「展望」が本屋の店頭に出るころには、もしかしたら事件は尻すぼまりになって、みんなもう忘れているかもしれないし、さらに別の犯人が捜査線上に浮かぶことだってあり得る。

——それはそうだが……

――小平事件のように、二十年以上も昔のことなら、犯人はほとんど伝説的な人物となってしまうから、面白おかしく、ふざけた発言もできようけれど、今度の事件は、あんまり生ま生ましすぎてね。

――見かけによらず、純情なんだな。週刊誌の記者にはなれそうもないね。性犯罪の現象学として、ひとつ、冷静に割り切ってみたらどうだ?

――だからさ、さっきも言いかけたように、二十五年の周期というのが、ここで問題になってくるんだよ。そもそも、第一次小平事件においては、まず戦後の極端な食糧不足ということがあって、悪賢い犯人は、農村に買出しに行く若い女性を、「お米を売ってくれる農家があるから」とだまして、人のいない山林へ連れこんだわけだ。

――あのころは、みんなモンペをはいていたっけな。女性のスカートだって、めずらしかったくらいだ。それにしても、よくお米でだまされたものだねえ。

――そうともさ。隔世の感に堪えんだろう。ところで、二十五年後の第二次小平事件においては、犯人は若い娘さんを誘うのに、マツダ・ロータリー・クーペとかいう、性能のいい新車をもってした。おれは車のことにはとんと暗いのだがね、何でも騒音が少なく、鉛ぬき燃料でもダッシュがいいというロータリーエンジンの、七十数万円もする国産車だそうだよ。

――お米から車へ、というわけだな。誘われた方の娘さんも、むろん、今ではモンペではなく、ミニスカートかホットパンツといったところだろう。首都圏の外縁にあたる群馬県地方では、とくに東京へのあこがれが強いそうだ。新聞に出ていたよ。

——カーセックスとかモーテルとか言っても、二十五年前の敗戦直後の日本人には、たぶん、珍糞漢糞で、何のことやらさっぱり分らなかったろうな。モーテルといえば、あのへんには、けばけばしい赤や青のネオンの輝やく、妙な名前のついたモーテルが、じつにおびただしく立っている。むかし、『死刑台のエレヴェーター』という映画を見たとき、「なるほど、モーテルの犯罪とはこんなものか」と感心した記憶があるけれども、あれはやっぱり犯罪の温床だね。経済成長とともに、犯罪の形式もぐんと変化した。ずいぶん贅沢になったもんだ。

——まだあるぜ。犯人は車のなかに、埴谷雄高の『死霊』、柴田翔の『されどわれらが日々』、そのほか横文字がぎっしり書かれた電気工学の本などを積んでいたそうだ。そうして、相手によっては革命論をぶったり、「私は高校の美術教師ですが、絵のモデルになってくれませんか」などと誘いかけたりしていたという。

——つまり、物質的なもので誘うばかりでなく、精神的なアクセサリーも必要とされるのだな。それにしても、埴谷さんの『死霊』が置いてあったとは面白いね。全共闘の学生ならばともかく、この場合、なにか必然的な関係があるのかな。

——あるわけがないじゃないか。冗談じゃないよ。ただのアクセサリーだろう。

——うん。それはその通りにちがいない。ただ、おれが面白いと思うのは……

——何だい、はっきり言ってくれよ。

——つまりね、『死霊』が初めて「近代文学」の創刊号に発表されたのは昭和二十一年、小平事件の年なんだよ。

——そう言われると、ちょっと変な気がしないこともないが、それにしても、そこにいったい何の意味があるんだね？

——お米から車へ、モンペからミニスカートへ。それが第一次小平事件から第二次小平事件にいたる、二十五年間におよぶ日本の経済生活および風俗の変化の跡さ。万物は流転する。変化しないのは『死霊』ばかりだ。

——くだらない洒落を言うのも、ほどほどにしてもらいたいね。いまさららしく、芸術作品は上部構造ではない、とでも言うつもりなのかい？

——はっは。どうもこれは、せっかく落ちをつけようと思ったのに、あまりうまく行かなかったようだな。

盗みのディアレクティーク

——毎月、NHKの集金人がくると、おれは必ず追い返すことにしている。「うちは払わない方針なんだ。文句があるなら訴えろ」と言ってやる。もう十何年も払っていないな。この頃では、あきらめたらしくて、近所まできても、おれの家の前だけは素通りするようになったよ。

――それは結構だ。しかし、きみみたいに家で仕事をしている自由業者ならよいが、ご主人が勤めに出てしまって、奥さんだけしかいない家庭では、集金人を追い返すのも、なかなかむずかしいらしいよ。団地あたりでは、悪質な集金人が「あそこの家は受信料を払わない」などと隣近所に吹聴して歩くそうだ。おれの知っている若い編集者の奥さんは、「それじゃ、お宅の子供さんはNHKテレビには出られなくなりますぜ」と脅迫(?)されたという。

――へんな脅迫もあればあるものだな。集金人はプロデューサーじゃないんだから、そんな馬鹿なことができるものか。第一、おれは頼まれたって、自分の子供をテレビなんぞに出す気はない。

――きみには子供はいなかったはずじゃないか。

――だからさ、テレビに出たがるような子供が生まれると困るから、あらかじめ、一切の禍根を芟鋤《さんじょ》しておくのだ。

――しかしね、不届きな金を取りにくるのはNHKばかりじゃないよ。おれの住んでいる鎌倉には、キリスト教の教会があるんだが、俗悪な教会でね、そこの信者らしい若い男女が、妙な宣伝パンフレットを売りつけにくることがある。もちろん、おれは追い返す。それから、円覚寺や建長寺の坊主どもが、朝早く、お経を唱えながら托鉢にくることがある。おれは坊主の托鉢は必ずしも嫌いじゃないけれども、現在の鎌倉の寺は、商魂たくましく、観光客から高い木戸銭を掠め取っているという状態なんだぜ。何か矛盾を感じるね。

——そういえば、ついこのあいだの話だが、おれの家に、見たこともない若いヒッピー風の男がやってきてね、いきなり、「僕たちはアナキストですが、同人雑誌を出すので金がほしいのです。金をください」と言い出したのには驚いた。驚いたというよりも、呆れたね。

——ほう。

——働かないで金を取るという思想におれは大賛成だが、おれのところへくるなんて、相手を間違えたね。アナキストだろうと共産党だろうと自民党だろうと、キリスト教だろうと仏教だろうとNHKだろうと、抽象的なイデオロギーのために金を出す気など、おれには毛頭ないからね。甘ったれるのもいい加減にしろ、と言ってやった。

——それはそうだ。たとえば乞食だとか、病人だとか、警官に頭を割られた学生だとかいった、具体的な人間の窮迫状態にくらべれば、「アナキズム」も「同人雑誌」も、吹けば飛ぶような抽象的観念にすぎないからな。もちろん、人間には粋狂なことをやる権利があるだろうさ。その権利だけは、こちらの自由に使わせていただきたいものだよ。

——だいたい、いわゆる「アナキスト」が、いわゆる「文化人」から金をもらって、いわゆる「同人雑誌」を出すというのが、おかしな発想ではないだろうか。アナキストと言えば、昔は光栄にも泥棒や強盗と一緒にされたものだ。むしろ彼らは、ドロップ・アウトに徹するか、さもなければ、いっそ藤ヶ瀬部落のコンミューンを見習うべきだよ。

——藤ヶ瀬部落のコンミューン？　ああ、あの例の村中の人間が泥棒だという、北九州の山のなかの部落ね。

——うん。万引グループを組織して、各地のデパートからデパートを精力的に荒らしまわるというやつだ。あの方式でやれば、同人雑誌の一つや二つ、たちまちにして発刊できると思うがね。

——週刊誌で読んだ記憶があるが、あの連中のあいだには、小さい商店はねらわず、必ずデパートや大商店をねらうという、厳格なモラルが確立されていたというから、じつに立派な覚悟だと思うな。

——それに、部落の内部に犯罪はなく、村中に非行少年がひとりもいないのだそうだ。要するに、部落外の資本制社会を敵として、彼らに対して盗みをはたらくことは「善」だと規定しているわけだから、まさに完全な反体制コンミューン、「悪」を「善」に転化させる革命的なコンミューンだと思うよ。

——村中に非行少年がいないという記事を読んで、おれは思わず笑ってしまったね。部落の外から見れば、何のことはない、村中が非行部落じゃないか。スペードの札を全部あつめて、マイナスをプラスに転化させるようなものだ。

——それで思い出したが、おれの友達に変った意見の男がいてね。そいつの主張によると、原爆反対なんかするよりも、世界中の人間がそれぞれ、小型の原爆を一個ずつ持つようになり、飲み屋で酒を飲んで喧嘩をしたり、夫婦喧嘩をしたりするような時でも、「さあこい、原爆をぶつけるぞ！」と啖呵を切れるような状態になったら、さぞや世の中がすっきりするだろう、というんだ。

——それはまあ、面白いと言えば面白い意見だが、いかにも暴論だ。たちまち地球が滅びてしまうよ。一つの譬《たと》え話として聞いておきましょう。

——「古代史に一わたり目を通すならば、われわれはギリシアのすべての共和国において、盗みが許可され奨励されていたことを知るであろう。スパルタおよびラケダイモーンは公然と盗みを援助していた。また別の国民は、これを兵士の美徳の一つと見なしていた。盗みが勇気や力や器用さや、一言にして言えば、共和国政府すなわち我が国に有用なあらゆる美徳を培うものであることは、これをもってしても明らかである。ここにおいて、余は偏見を去って敢えて問う、いったい富を平等化する働きをもつ盗みは、平等を目的とする国家においても、やはり大きな害悪であろうか？　言うまでもなく、否である。」

——何だい、それは？　誰の意見だい？

——サド侯爵の意見さ。あらゆるフランス革命期のイデオローグのなかで、最左翼の立場に立っていたサド侯爵の、革命直後の意見さ。まあ、近代アナキストの元祖みたいなものだよ。

〔初出：「展望」1971（昭和46）年1月、4月、7月、10月号〕

ある生物学者について

フランスの生物学者ジャン・ロスタンの名前を、私は自著のなかにたびたび引用したことがある。生来、自然科学関係の本にはあまり食指の動かない私であるが、この人の文章だけは、単にその内容が素人にも近づきやすいばかりか、今日の私たちにとって最も喫緊な、文明論や哲学の領域にも及んでいるものがあるので、読むたびにますます好きになる。

何よりも、その文章の質がきわめて高く、いかにもフランス的知性を感じさせる、明晰判明な美しさに達しているところが嬉しい。時にはコクトーの文章をすら思わせる、パラドックスを駆使した、圧縮された詩のような箴言《しんげん》風のスタイルを示していることがあって、私はこれを読むと、ロスタンが科学者であると同時に、また詩人でもあり、十七世紀以来の伝統をひくモラリストでもあるということを痛感させられるのだ。

それも道理で、ジャン・ロスタンの父親は、あまりにも有名な『シラノ・ド・ベルジュラック』の作者エドモン・ロスタンであり、母親は、これも女流詩人として知られるロズモンド・ジェラールである。また彼の三つ違いの兄モーリスは、父と同じく劇作家として成功している。

いわば文芸一家のなかの変り種で、ジャンだけが自然科学の道を選んだのだった。

当年七十八歳、今では押しも押されもせぬフランス・アカデミー会員であるが、このジャン・ロスタンという学者は、学者としてもかなり変っている。彼は大学で教鞭をとったことが一度もなく、一九二二年、パリ近郊のヴィル・ダヴレという村に引き籠って以来、現在まで五十年間、ほとんどこの地を離れず、まるで隠者のように暮らしながら、自宅の実験室と書斎で、ひたすら研究と著述に専念しているのだ。かつてバルザックや画家コローも住んだことのあるヴィル・ダヴレは、森あり、沼あり、ロスタンの研究材料であるカエルやイモリや昆虫の採集には絶好の地である。たぶん早くから、この学者は、晩年のファーブルのような心境になっていたのであろうと察せられる。

ロスタンの専門は発生学と遺伝学で、とくに人工単為生殖（処女生殖）と、染色体の分裂の研究によって知られている。また精細胞を低温で保存する場合、抗凍結剤としてグリセリンを含有させる方法を発見したのも、ロスタンである。私は素人なので、こうした領域に深く立ち入るわけにには行かないが、ただ、彼が人類の未来のセクシュアリティーや、人間改造（胎外妊娠や臓器移植をふくめて）の問題に関して発言するとき、このような基礎的な研究が土台になっているのだろうということだけは十分に理解できる。

ロスタンはしばしば人類の未来に関して、もっぱら生物学の見地から文明論的な展望をこころみるが、その論調は決して、薔薇色のユートピアを提示する、あの俗悪な未来学者のそれではない。彼は深刻な決定論者であり、唯物論者であり、ペシミストであって、パスカルのように、つねに無限の空間に畏怖しているのだ。つまり彼は、自然を深く窮めれば窮めるほど、ますます深く自然の不可知と人間の悲惨とを意識する、といったタイプの学者なのである。ただ、パスカルやテヤール・ド・シャルダンとの違いは、ロスタンに神がないことであろう。『人間改造は可能か』という本のなかに、次のような言葉がある。

「サイバネティックスのロボットよりも、私はアルブミンの一粒の製造の方をずっと得意とするであろうし、外胚葉の襞から毎日のように形成される、小さな人間の脳の方にずっと感心するであろう。」

性のメカニズムを徹底的に窮明して、ついに「存在間の親和力」、「存在の飢え」のごときものを発見するにいたったロスタンの名著『愛の動物誌』にも、私はかつて大きな感銘を得たおぼえがあるが、さらに『生物学者の思想』『生物学者の手帖』『生物学者の不安』などといった書物に盛られた、ロスタン独特の苦味のきいた箴言にも、したたか感心させられた。たとえば、次のごとき文章をごらんいただきたい。

「動物のなかで、人間は純粋状態の生命の神秘にぶつかる。人間の本質のすべては、――人間でないことだ。」

「人間は人間のなかで窒息している。」

「人間には、超越的なものすら超越する何かがある。」

「人間は神を信じなくなればなるほど、他人が神を信じるのを理解できるようになる。」

「死刑。殺人犯から殺したという特権を奪うために、急いで殺人犯の真似をすること。」

「私には、他人を抜きたいという欲求よりも、他人に抜かれはしないかという恐怖の方が大きい。だから人間は平等だという考えは受け入れやすいが、よりすぐれた人間がいるとなると、自分もその部類だと思わなければ、とても堪えられない。」

好んでニーチェやノヴァーリスや、ディドロやゲーテや、レーモン・クノーやミシェル・フーコーまで引用する、この文学的素養の豊かな老生物学者は、やはりフランスでなければとても望めないようなタイプの科学者なのかもしれない。

〔初出：「現代思想」1973（昭和48）年1月号〕

私のエリアーデ

私がエリアーデに親しみ出したのは、何年くらい前のことだったろうか。はっきり思い出せないが、おそらく十数年は遡ることができるのではないかと思う。もしかしたら、アンドレ・ブルトンの『魔術的芸術』の出現（一九五七年）が、私にとって、一つのきっかけになったのかもしれない。そこにエリアーデの名前がしばしば引用されていたからであり、ちょうどその頃、私はガリマール書店のエッセー叢書のなかに、『ヨーガの技法』『永遠回帰の神話』『イメージとシンボル』『神話と夢想と秘儀』などが出ているのを知って、あわてて取り寄せた記憶があるからである。一九六二年の『悪魔と両性具有』になると、これはもう、発刊と同時に手に入れたおぼえがある。

エリアーデ自身が直接フランス語で書くだけに、このルーマニア生まれの宗教学者は、フランスではずいぶん好遇されているような気がする。たとえば、最近日本でも翻訳の出はじめたハンガリア生まれの神話学者カール・ケレーニイなどとくらべても、エリアーデの方がずっとポピュラーであろう。もちろん、それには学風の違いによるところも大きいにちがいない。三冊の小説も、すでに二十年近く前からフランス語に訳されている。私は読んだことはないけれども、アンドレ・ブルトン研究家の若い巌谷國士君がエリアーデの小説『禁断の森』を所持しているのを知って、「へええ、勉強家だねえ!」と感心したおぼえがある。

最初はミルチャという名前の発音が分らなくて、私はフランス語ふうにミルセアなどと読んでいた。梵文学者の松山俊太郎君に、「あれはルーマニア語でミルチャと読むらしい」と教えられたのは、何年頃のことだったろうか。なるほど、ルーマニア中世のワラキア公国には、ミルチャという名前の王もいる。東欧やバルト三国の人の名前は、日本語の表記がむずかしい。そういえば、やはり私の愛読しているリトアニア生まれの幻想美術史家ユルギス・バルトルシャイティスの名前も、いまだに日本では表記が統一されていない有様である。

私は昔から、学問の方法などというものには全く縁のない人間で、文学理論などというものも、それこそ生まれてから一度も考えたことがないような種類の人間なのである。私の目の前には、いつも作家と作品があるだけで、しかも私は、そのなかから気に入ったものだけを選び、その他のものには一顧もあたえない。いわばコレクションの方法で、それだけが私の気質にふさわしい唯一の方法だと言えば言えるかもしれないのだ。エリアーデもまた、そのようにして、たまたま私の網にひっかかった大魚なのである。

といっても、なぜエリアーデが私の好みにぴったりしたか、ということを説明しないわけには行かないだろう。それはまことに単純明快で、つまり私はエリアーデの理論によって、自分のなかにある元型とイメージへの好みを確認することができたのだった。裏づけを得たと言ってもよい。ユングやバシュラールを好きになるように、エリアーデをも好きになったというだけのことである。たぶん、それは気質の問題でもあろう。

ついでながら一言しておく。最近、吉本隆明氏が雑誌「海」で、バシュラールやユングを完膚なきまでにやっつけているのをご存知の方もあろう。私も面白いから毎号楽しみに読んでいるが、それにつけても思うことは、吉本氏にユングを好きにならせるのはとても無理だな、ということなのである。吉本氏は、要するに夢や象徴の理論が好きではないのである。まだエリアーデは採りあげていないようだが、きっとエリアーデも好きではないにちがいない。それに、考えてみれば、たしかに吉本氏の言う通り、ユングには気違いじみたところが多分にあるのであって、そのことと、彼のシンボル理論が面白いこととは、私に言わせれば別問題なのだ。よく言われるように、ニーチェだって一種の気違いである。もちろん世間には、いろんなタイプの人間がいるのだから、吉本氏のような好みの人がいても、ちっとも不思議ではないと私は思う。閑話休題。私には何よりもまず、エリアーデの理論が、フランス的に明晰であるのが嬉しかった。こんなことを言うと、あるいは専門の学者先生に叱られるかもしれないが、エリアーデの理論は意外なほど単純で、幾つかの仮説が、がっちりした構成の迫持《せりもち》を形づくって、互いに支え合っているような趣きなのである。単純ではあるが堅牢なところが、建築技法における迫持の特徴だろう。すなわち、それは「祖型と反覆」「中心のシンボリズム」「聖と俗」「死と復活」

などといった仮説によって、がっちりと構成された迫持なのだ。

前にもちょっと述べたが、たとえばケレーニイのような人の、いかにもドイツ的な古典学者ふうの解釈学的分析には、私のような気の短かい半可通の素人は、もううんざりしてしまって、途中で投げ出したくなってしまうようなところがなくもない。そこへ行くと、エリアーデの書物は、任意のページをひらいてどこからでも読めるし、その理論は、いつも同じテーマをめぐって展開しているような、まさに永遠回帰の実例なのである。彼がフランスで人気があるのも、こういう明快さのためではなかろうか。

今から約十五年前、私が初めて自分の評論集を出した頃、私には、自分がどうしてユートピアの問題だとか、アンドロギュヌスの問題だとかに強く惹かれるのか、よく分らないようなところがあった。ユートピアに惹かれても、私は社会主義的な改革理論にはまるで興味がなかったし、アンドロギュヌスに惹かれても、べつにホモセクシュアルの傾向があったわけではない。私はサドに対する関心から、エロティシズム一般の問題や、ユートピアの問題に手をのばして行ったのである。いや、サドに対する関心と、エロティシズムに対する関心と、どちらが先だったかは必ずしも判然としない。一方、アンドロギュヌスの問題は、自己を神格化しようとしたローマの少年皇帝ヘリオガバルスに対する個人的興味から、自然に導き出されたものであった。そして、これを理論化して行く上の傍証としては、ジャン・ロスタンの生物学とフロイトの『快感原則の彼岸』しかなかったものである。

もっとも、私には、エロティシズムやユートピアやアンドロギュヌスや、さらには錬金術や悪魔学や自動人形や秘密結社や黄金時代などといった、前から自分の気に入っていた幾つかのテーマが、いずれは深いところで一つに結びつくのではあるまいか、という漠然とした予感がないこともなかった。この予感がなければ、いくら何でも学問の真似ごとはできないのである。よしんばディレッタントの遊びにしても、である。といって、なにしろ系統的な学問は好まないから、私はまるで玩具箱のなかにガラクタを集めるように、これらのテーマを闇雲にコレクションしただけのことである。そして、あるとき気がついてみると、私はエリアーデ理論によって、これらのテーマがすべて密接な関連のもとに、その根底で結びついているということを教えられていたのである。

そのほか細かいことでも、私はエリアーデから、いろんな恩恵を蒙っている。たとえば、やはり私が前から興味をいだいていた、中世ヨーロッパの伝説的な植物マンドラゴラに関する資料が、一九七〇年刊のエリアーデの『ザルモキシスからジンギスカンまで』のなかに、ちゃんと一章をなして収められているのだ。これはかつてルーマニア語で雑誌に発表された小論文ではあるが、こういう例を発見すると、私は何だか無性に嬉しくなってしまうのである。

『鍛冶師と錬金術師』および『悪魔と両性具有』を初めて読んだ時の感銘も、私には忘れがたいものがある。最初の書物は、私の鉱物学的夢想をはぐくんでくれたし、二番目の書物においては、第二章「悪魔と両性具有——全体性の神秘」のなかに引用されている学者たちの名前が、マリー・デルクールやマリオ・プラーツや、J・エヴォラやエルンスト・ベンツなどといった、それまで私の親しんできた、英仏独伊の学者たちのそれであることが驚きだった。つまり、それだけ近しいものに感じたのである。しかも、これらの作品は、私のような気まぐれな読者には、文学として読むことも十分に可能であるほど、多くの詩的夢想の種を提供してくれるものでもあった。

エリアーデの著作は、フランス的な明快さを好む日本の知識人にも、おそらく容易に受け入れられるのではないかと私は思う。彼が東洋思想や古代インド哲学に、並み並みならぬ関心をもっているということも、私たち日本人を惹きつける大きな理由となるはずであろう。私がオセアニアの「カーゴ・カルト」と終末論の関係に興味をもったのも、エリアーデの書物のなかで、それに関する記述を見出してからだった。彼の関心の領域はきわめて広く、私は今後とも、この碩学《せきがく》に学んで行くことになるだろうと思う。それは楽しい期待である。

〔初出：1973（昭和48）年 せりか書房『エリアーデ著作集 第6巻』付録（月報）〕

翻訳について

私のように、翻訳という作業が好きだと公言して憚らない人間は、いわゆる外国文学者のなかでも、比較的に少ないのではないかと思う。

多くの者にとって、翻訳はコンピューターにでも任せておけばよいような、機械的な作業であって、そこに自分の独創性というものを盛りこむことができない。独創性を盛ることができないから、とても自分の作品の一つだとは思えない。おそらく、独創性という神話にとり憑かれている人間にとって、翻訳という作業は、何ともまだるっこしい、退屈きわまりない作業のように見えるのではあるまいか。

また、こういうことも考えられるだろう。つまり、自分が前に、原文で味わいながら読んでしまったものを、もう一度、読者のために日本語に直して提出するのは、ひどく手間のかかるサーヴィスのように見えるし、そんな暇があるくらいなら、別の外国作家の別の作品をどんどん読む方が、少なくとも自分のためにはなる、という考え方である。

この二つの考え方は、要するに同じ考え方の裏表であって、翻訳ということを、何かのための手段と見なしている点では、両者ともに変りがないのである。翻訳は次善の策だ、と考えている人には、とても翻訳それ自体を楽しむことはできないだろう。

ところで、私に言わせれば、翻訳という作業は、独創性を完全に殺したところで勝負できるからこそ面白いのである。翻訳は次善の策ではなく、それ自体が目的でなければならない。そうでなければ、むしろコンピューターに任せた方がよい。

翻訳の美徳は、私にとっては正確であり、簡潔である。フランス語ならフランス語で表現された一つのイデーを、日本語によって、できるだけ正確かつ簡潔に表現するということである。当り前の話じゃないか、と言われるかもしれない。まったく当り前の話であって、だからこそ、私にとっては、翻訳の美徳はそのまま散文の美徳なのだ。

むろん、私は日本語で思考しているので、私が自分の文章を書く場合には、日本語の思考をそのままストレートに表現すれば足りるわけである。しかし、その場合でも、もし文章を書くことに何らかの喜びや満足があるとすれば、それは自分のイデーを正確かつ簡潔に表現し得た、ということだけではないだろうか。それ以外に、文章を書く目的があるだろうか。

私にとって、文章を書く私とは、いつも澁澤龍彥の翻訳をしている人間、無色透明の人間であるにすぎない。文章を書く私には、人格も思想もなく、ただ澁澤龍彥の人格や思想を、できるだけ忠実に翻訳しているだけなのだ。これはパラドックスだろうか。

私はつねづね、翻訳カメラ説というのを唱えている。

翻訳は、カメラのファインダーをのぞいてピントを合わせる作業に似ているのである。近ごろ流行のコンポラ写真は論外としよう。フランス語で表現された一つの文章、一つのヴォキャブラリと、まさにぴったり対応する日本語の文章、日本語のヴォキャブラリを発見するまで、根気よくフォーカス・ノブをぐるぐる廻さなければならない。ようやく二重像が一致して、ぴったりピントが合ったな、と思ったとき、初めてシャッター・ボタンを押す。つまり、原稿用紙に文字として定着させるわけである。

このピント合わせの時間を惜しんで、まだ二重像がずれているのに、「まあ何とか写らないことはないだろう、大筋の意味さえ通ればよいだろう」とばかり、さっさと筆を走らせるような翻訳者が、世間には、あまりにも多いような気がしてならないのだが、どうだろうか。

もちろん、写真はピントだけ合えばよいというものではなかろう。私はとりわけカメラ愛好家でもないから、その点はよく分らないが、たとえば構図のとり方とか、シャッター・チャンスとかいったものにも、ピント合わせに劣らず重要な意味があるだろう。翻訳という作業を、何から何まで写真撮影とのアナロジーで割り切ろうという気は、もとより私にはない。

ほんとうは、ここで何か例をあげて、私の考えている良い翻訳、悪い翻訳の例を具体的に示せば、それがいちばんよいとも思うのだが、その余裕もないし、まあ、あまり物議をかもすようなことは、面倒くさいからやめておこう。

それにしても、また同じことの繰り返しになるようで恐縮であるが、私たちが日本人として書いた日本語の文章と、たとえ外国人が書いた外国語の文章であるにもせよ、それをひとたび日本語に直して発表した翻訳の文章とを、区別して考えるのは、そもそもおかしいと思わなければならないのだ。どちらも、同じ日本語の文章であるべきだからである。そこに違いがあってはならないのだ。

それでも世間一般には、翻訳というのは辛気くさいもの、片手間にやるべきもの、自分の仕事のなかでは二義的なもの、と考える傾きがあるようである。名前が売れれば、下訳者を使って翻訳する人も多い。つまり翻訳は、創作よりも一段低いものと考えられているようなところがある。むろん、外国語に堪能でなく、最初から翻訳をやる気のない人なら、問題は別だろう。しかし、かりにも翻訳をやろうという人が、どうしてみずから自分の仕事を卑しめるのだろうか。

ここでふたたび私の頭に思い浮ぶのは、独創性の神話ということである。

独創的でない者に限って、自分の文章を独創的だと思いがちである。散文の要諦は独創性を殺すことだ、透明人間になることだ、という常識に属する意見を拳々《けんけん》服膺《ふくよう》していれば、あだや疎かに翻訳という仕事を軽く見ることはできなくなるはずだ、と私は思うが、どんなものだろうか。

一種の手段として、世間一般から軽く見られる傾きのある翻訳という仕事を、「目的の王国」に位置づけなければならないと私は考えている。

散文においては、「言葉は流れるべきではない。嵌めこまれるのだ」とジャン・コクトーが書いている。また、「散文は舞踏ではない。歩くのだ」とも言っているが、これは翻訳という作業の本質を考える上にも、意味ふかい示唆をあたえてくれる言葉ではないかと思う。

そもそも翻訳の下手糞な人間に、ろくな散文の書けるわけがないのだ。その理由は、前にも述べたごとく、翻訳とは観念の変換作用であり、ピント合わせであって、この基本的な操作を怠った散文は、下手な翻訳と同様、やはりピンぼけになっているはずだからである。

それにしても、コクトーの「嵌めこむ」という表現は、思わず唸ってしまうような、みごとにピントの合った表現だと思う。

〈初出：「文藝」1973（昭和48）年11月号〉

怪獣について

ヨーロッパ中世の動物誌に登場する、おびただしい空想上の怪獣のなかでも、もっとも奇妙奇天烈で、想像するさえ困難なやつは何かといえば、おそらく、ミュルメコレオン（蟻獅子）というやつではなかろうかと私は考えている。

フローベールの『聖アントワーヌの誘惑』に、「前半分が獅子で後半分が蟻で、生殖器がさかさまに付いているミュルメコレオン」と説明してあるように、この怪獣は、じつに途方もない肉体上の構造をもっているのだ。いったい、どうなっているのだろう。

ギリシア語でmyrmêxは蟻、leônは獅子であるから、ただ二つの動物の名前をくっつけただけのようであるが、私のひそかに考えるのに、蟻と獅子との結びつきには、やはり必然的なものがあったのではないかと思う。そういえば、どちらも精悍で、兇暴で、しかもエレガントであるところがよく似ているような気がしないだろうか。

中世のあいだ大いに流布し、当時の動物誌作家たちに影響をあたえた、アレクサンドレイア時代の博物学の書物である『フィシオログス』には、「ミュルメコレオンの父はライオンの形、母は蟻の形をしている。父は肉を食い、母は草を食う。そして彼らは蟻獅子を生むが、この子供は父と母の合の子で、前半分が獅子、後半分が蟻の形をしているため、父のように肉を食うこともできず、母のように草を食うこともできない。そこで飢え死にするのである」とある。何とも気の毒な怪獣だが、ひるがえって考えてみれば、雌馬と雄驢馬《ろば》の合の子である騾馬《らば》なども、ほとんど生殖力がなく、一代限りで滅びてしまうというから、それが合の子の悲しい宿命なのでもあろう。『フィシオログス』には、この怪獣の奇妙な生殖器に関する言及はないが、フローベールのいわゆる「生殖器がさかさまに付いている」という表現の意味するところも、もしかしたら、この合の子の宿命たる生殖不能をさしているのかもしれない。

蟻といえば、アキレウスに従ってトロイアに遠征した、アイギナ島の小人族ミュルミドン人を思い出すし、ミュルミドン人の娘であった、小さなクレイトリス（クリトリスの語源）の神話も頭に浮かぶが、まあ、ここではエロティック語源学に深入りするのはやめておこう。

それよりも、この世に実在する蟻獅子について、一言、述べておこう。英語でもフランス語でもドイツ語でも、また俗語的表現でも学名でも、蟻獅子といえば昆虫のウスバカゲロウ、あるいはその幼虫である蟻地獄を意味するのである。この蟻地獄と、空想上の怪獣としてのミュルメコレオンとは、いったい、どんな関係にあるのだろうか。

とりとめない空想動物学にふけってしまったが、今日、怪獣はテレビや子供の世界で生きている。子供の世界で生きているものを、どうして大人がほっておいてよいわけがあろうか。フローベールやボルヘスや南方熊楠《みなかたくまぐす》の驥尾《きび》に付して、私たちもまた、日本の空想動物学の総点検をしてもよい時期にさしかかっているのではなかろうか。

〔初出：「文芸展望」1973（昭和48）年7月号〕

わが夢想のお洒落

鎌倉末期から室町、さらに安土桃山にかけての戦国乱世の時代は、ある意味で日本のルネッサンスと言ってもよいほど、わが国の歴史のなかで最もおもしろい時代の一つだと思われるが、この頃に流行した風俗に「ばさら」というのがあった。

『建武式目条々』に、「近日婆佐羅《ばさら》と号し、もっぱら過差を好み、綾羅錦繡、精好銀剣、風流服飾、目を驚かさざるなし。すこぶる物狂いというべきか」とあるように、「ばさら」という言葉は、まず第一に、服装やアクセサリーに贅沢を凝らすことの意味に用いられていたらしいが、それればかりではなかったようだ。それは一種の風流、あるいは風狂にも通じる、伝統破壊にもとづいた精神の自由とダンディズムをも意味していたのである。

十六世紀のイタリアにも、たとえばチェザーレ・ボルジアとか、シジスモンド・マラテスタとかのように、神をも怖れぬ悪逆無道をはたらきながら、同時に洗練された芸術や文化の愛好家であり、また保護者でもあるといった尊大無礼な貴族が多く現われているが、この日本のルネッサンス期にも、『太平記』に出てくる悪名高い高師直とか佐々木道誉とかのような、「ばさら」趣味のチャンピオンともいうべき、伝統的権威を物ともしない、形破りの戦国武将が何人も登場しているのである。

足利幕府のもとで飛ぶ鳥も落す権力を誇った高師直が、天皇の存在を否定するような言辞を弄したり、名門の公家の娘を片っぱしから籠絡したり、さては石清水八幡宮を焼き払ったりするなどといった、横暴の限りをつくしたことはよく知られている。また同じ頃、権勢をほしいままにした佐々木道誉が、莫大な費用と演出を凝らして花見や茶会を催し、連歌や猿楽をたしなみ、自賛の画像まで物している風流人であったことも周知であろう。こうしたことがすべて、広い意味での「ばさら」に含まれるのである。

時代はやや下るが、織田信長が若い頃、異様な服装をしたり奇嬌な言動に及んだりして、人目を驚かしたのも「ばさら」趣味として考えられるかもしれない。比叡山や興福寺を焼き払った残忍無類な破壊主義者の信長には、その反面、キリシタン・バテレンを保護して南蛮趣味を喜んだりする、新らしいもの好きなハイカラなところがあった。安土城の壮麗な大城郭を建設したのも、初めて戦闘に鉄砲を用いたのも信長である。

「ダンディズムはとくに、民主制がまだ全能となるまでには至らず、貴族制の動揺と失墜もまだ部分的でしかないような、過渡期にあらわれる」とボードレールが書いているが、私には、この日本独特の「ばさら」なるものも、やはり動乱の過渡期にあらわれたダンディズムの一種ではあるまいか、という気がしてならない。

さて、前置きがずいぶん長くなってしまったけれども、私はこの「ばさら」風のファッション哲学、「ばさら」風のお洒落を、いわば自分の理想形態として、あこがれの気持で眺めているのである。

わが国の服飾美の歴史においても、このように良風美俗や偽善的な道徳と真向から対立する、大胆不敵な反逆と嘲笑の形式があったということを知っておくのは、いずれにせよ無駄ではあるまいと思う。

反逆の服飾革命といえば、私たちはただちに今日のヒッピー文化を思い出さないわけには行かないが、そんな新らしい外来のチンピラ風俗の真似をしなくても、私たちの祖先はすでに六百年前の昔から、服飾や趣味の面にあらわれた自由思想の伝統を、立派に確立していたのであった。

もっとも、「ばさら」の精神は江戸時代にいたると、いわゆる「かぶき者」の「寛濶」とか「伊達」とか、さらには「通」などといったような、いかにも鎖国日本の町人文化にふさわしい、マゾヒスティックな、ひねこびた概念に萎縮してしまう。これは徳川幕府の三百年間にわたる巧妙な統治術のためであるが、これについては、ここでくわしく触れている余裕はない。ともかく私たち日本人が明治から戦後の今日にいたるまで、服飾における派手な要素に対して極端に臆病になり、地味な服装や渋い色のみを高雅な趣味とするように習慣づけられたことの、そもそもの遠因は、この江戸幕府の統治政策にあったと考えて差支えないのである。

「ばさら」は、したがって、失われた武士階級の文化なのである。しかも、江戸時代の衰弱した武士道精神や、マゾヒスティックに儀式化した切腹美学などとは大いに異なって、野放図なエネルギーにみちみちた、傍若無人な自由思想の産み出したものである。茶道も連歌も花道も、当時のそれは、後世におけるような、せせこましく繁雑化したものでは全くなかった。能楽も、たぶん、そのようなものであったにちがいない。

谷崎潤一郎は『陰翳礼讃《いんえいらいさん》』のなかで、次のように書いている。

「ところで、能に付き纏うそういう暗さと、そこから生ずる美しさとは、今日でこそ舞台の上でしか見られない特殊な陰翳の世界であるが、昔はあれが左程実生活とかけ離れたものではなかったであろう。何となれば、能舞台に於ける暗さは即ち当時の住宅建築の暗さであり、又能衣裳の柄や色合は、多少実際より花やかであったとしても、大体に於いて当時の貴族や大名の着ていたものと同じであったろうから。私は一とたびそのことに考え及ぶと、昔の日本人が、殊に戦国や桃山時代の豪華な服装をした武士などが、今日のわれわれに比べてどんなに美しく見えたであろうかと想像して、ただその思いに恍惚となるのである。」

たしかに潤一郎の言う通り、「ばさら」時代の綺羅を飾った武士たちの姿は、私たち現代人の目を見張らせるような、華麗さを誇っていたことであろう。

『太平記』などに描かれた当時の茶会では、並みいる大名たちは、いずれも思い思いの緞子金襴の衣裳をまとって、舶来の虎の皮や豹の皮を敷いた椅子に傲然と腰かけていたという。後世の衰弱した枯淡趣味の茶会とくらべて、何という相違であろう。しかも当時の茶は「闘茶」と称して、さまざまな種類の茶を出し、その産地を当てる一種の賭博だった。もちろん金や賞品も賭けるし、茶会のあとでは酒になり、遊女がホステスとして席に侍ることもあるのである。それは全く享楽的な雰囲気のものだったらしい。

こう書けば、私でなくても、室町時代の「ばさら」趣味にあやかりたい、その時代の絢爛豪華たる空気をほんの少しでも呼吸してみたい、と思う者は多いであろう。そして、私がこの時代をあえて日本のルネッサンスと呼んだことに対しても、なるほどと頷かれることであろう。

残念ながら、一九七〇年代の経済成長下の日本においては、このような自信満々たる哲学とモラルの上に立脚した、豪放な消費生活を営むことが不可能となっている。なるほど、世は挙げて消費生活に没頭しているとはいうものの、私たちには、それを裏づけるだけのモラル上の確信が決定的に欠けているのである。これはまことに情ない話ではあるが、私たちがすでに貴族でもなければ武士でもない以上、やむを得ないことであろう。

消費の哲学については、サルトルが『ジャン・ジュネ論』のなかで、うまいことを言っているから次に引用しておこう。つまり、「消費の極致は、富を享受することなく破壊することだ」というのである。そして「富の生産者ではない貴族は、獲得した富を破壊しながら、同時に、自分がこの世の富の上に位するという、ひそかな満足を経験する」というのである。なるほど、建てたかと思うとすぐ戦乱で焼けてしまう、室町時代の京都のおびただしい寺院建築の記録などを眺めていると、そんな気もしてくるから妙だ。

ちなみに、私の考えでは、工業社会としての現代の資本主義社会で、この消費の哲学を実践しているのは、むしろ国家そのものである。万国博覧会やオリンピックがそれを証明している。まあ、そんなことはどうでもよろしいが、今日の大衆社会内でうろうろしている私たちにとっては、所詮、「ばさら」的な消費などは、及びもつかない一場の夢なのだ。ルネッサンスの夢から覚めてみれば、私たちの身辺には、寒々とした耐久消費財がごろごろしているにすぎない。

学者の説によると、現代男性のフォーマル・ウェアである背広は、近世ヨーロッパの労働者の服から発しており、日本人の礼装である羽織袴は、百俵以下の下級武士あるいは町人の服装であったという。明治維新前までは、武家の礼服はもっぱら直垂《ひたたれ》、裃《かみしも》であった。

私がいかに日本のルネッサンスにあこがれたとしても、まさか緞子金襴の直垂を着て、銀座の舗道を歩くわけには行かないし、応接間のソファーに虎の皮や豹の皮を敷くわけにも行かないのである。やれば出来ないこともあるまいが、金がかかって仕方がなかろうし、物事にはバランスということもある。せいぜい、カンガルーの皮くらいで我慢していなければならない。

「凡そ日本人の皮膚に能衣裳ほど映りのいいものはないと思う」と書いた贅沢好きの潤一郎にしても、自分では能衣裳なんか着たことはなかった。

私は派手なものが好きなつもりだが、それでも自分の趣味が無意識のうちに、既成の公認された美学に支配されているらしいのを知って、むしろ自分で驚くことがある。私の愛用しているスウェーターやポロシャツの類いは、ほとんどすべて臙脂、茶、朽葉色、ダーク・グリーン、チャーコール・グレーの系統であるが、これは要するにパリの色なのだ。決してフランスかぶれではないつもりなのに、どうやら私はパリジャンやパリジェンヌの好む色を、長い年月にわたって無意識のうちに選択しているようである。

私のスーツも、ほぼ同じ色の系統で、とくに好きなのは、細かい縦縞のはいっているやつである。それが粋だと自分で信じこみ、そういうスーツばかり作っているのは、我ながら偏狭な好みだと思わざるを得ない。春先に着る軽いジャージーのスーツ、真夏の冷房の中で着る麻のスーツも好きなものである。

背が高くないので、さすがにマキシ・コートを着る勇気はないが、痩せているおかげで細いスラックスや、先のひらいたパンタロンなどは私でもはける。お断わりしておくが、これだって、昭和三年生まれの私の同輩のあいだでは、ほとんど考えられない若造りの冒険なのである。腹の突き出た中年男に、どうして細いスラックスがはけるものか。

アクセサリーとして、いつも私の左の手にはデコラティヴな銀の指環、そして右の手にはダンヒルのパイプがある。パリへ出かけても、ランヴァンの靴下ぐらいしか買ってこないような私だから、少なくとも現実生活では、贅沢なお洒落とはあんまり縁がない、と申さねばなるまい。

しかし私は、お洒落とは精神に関係したものだと思っているし、かつての日本の「ばさら」精神を、文人として、作品のなかで生かそうとつねに考えてはいるのである。

〔初出：「男子専科」1972（昭和47）年5月号〕

幼時体験について

誰でも経験のあることと思うが、読者のみなさんも、知らない土地へ行って、ある印象的な風景などを目にしたとき、じつはそれが初めて眺めた風景であるにもかかわらず、「おや、たしか前にも一度、こんなところへ来たことがあったような気がするぞ」という、漠然とした気分にとらわれ、それがいつのことだったか、いくら思い出そうとしても思い出せない不安感を味わったことがあるであろう。

風景ばかりではない、たとえば友達と日常的な会話をしている時などでも、突然、ふっと、「待てよ。おれは前に、今とそっくり同じ状況で、そっくり同じ内容の会話をしたことがあるぞ」といったような、奇妙な気分に襲われ出すことがある。

この何とも説明しがたい、懐かしいような、気がかりなような（古風に言えば「胸がきやきやする」ような）気分を、心理学では既視感《デジャ・ヴュ》と称する。フランス語で、déjàは「すでに」という意味であり、vuは「見た」という意味である。実際は記憶の誤りだそうで、いくら思い出そうと努力しても無駄らしいのであるが、私たちは、何とかして過去の記憶の闇のなかを手探りし、現在の不安の根源をつきとめたいという思いを禁ずることができない。挙句の果てには、「夢のなかで見たのかな」とか、「もしかしたら前世の記憶ではあるまいか」などと、神秘的なことまで考え出す始末である。

＊

この既視感《デジャ・ヴュ》とよく似た心の現象で、愛し合う二人の男女が、現実に初めて相手を知るようになる前から、すでに互いに深く知り合っていたのではないか、という意識にとらえられる場合がある。彼らの意識では、むしろ相手の出現を心待ちにしていたのである。「ほら、やっぱり君は僕の前に現われたね」といった気持なのだ。

ノヴァーリスの『青い花』のなかで、神秘な青い花の幻影を求めて遍歴する主人公ハインリヒは、めぐり遭った東洋の女マティルデから、「あたし、ずっとずっと昔から、あなたを知っていたような気がしますの」と打ち明けられる。ハインリヒも同じ気持なのである。ロマンティックな恋愛小説には、こうした男女の宿命的な、前世から約束されたような出遭いが、しばしば美しく描かれているのを御存知であろう。

こうした記憶のいたずらは、既視感のようなものをも含めて、すべて私たちの意識の表面には決して姿を現わさず、潜在意識の奥底に深く深く眠っている、大昔からの人類の経験の痕跡のようなものだ、と言えば言えないこともないであろう。心理学者のユングはこれを、適切にも集合的無意識という名で呼んでいる。すなわち、ユングによれば、男の無意識のなかに隠れている女性像がアニマ、女の無意識のなかに隠れている男性像がアニムスであって、それらは前世の記憶のように、夢のなかに現われたり、私たちの現実の恋愛体験を左右したりするのである。

*

さて、私がここで御紹介したいと思うのは、現代フランスの著名な哲学者エティエンヌ・スーリオ氏の報告している、興味ぶかい彼自身の経験である。これは幼児体験のふしぎさの一例と言ってもよいであろう。

スーリオ氏は、次のような光景を頭のなかで空想するたびに、何とも言えないノスタルジックな感動を味わっていたという。すなわち、緋色のカーテンに囲まれた焼絵ガラスの窓があって、その窓から外を眺めると、逆光線の夕日を浴びて黄金色に染まった森があり、森のそばを、シルエットになった人物が一団をなして通り過ぎて行く。――こんなバルビゾン派の絵のような情景を想像すると、彼の心には、いつも強い情緒的な反応が呼び起されるのであった。

スーリオ氏は第一次世界大戦中、ある日の夕方、実際にこんな風景を眺める機会をもった。夕日を浴びた森の縁の道を、ドイツ軍兵士がパトロールしていたのである。また南米旅行中、森のなかでキャンプをしていた時にも、似たような光景にぶつかった。さらに少年時代、ギュスターヴ・ドレの一枚の銅版画を眺めて、同じ感動を味わったこともあった。

いったい、これはどういうわけだろう、何か遠い昔の子供の頃の記憶のなかに、現在ではすっかり忘れているが、こんな情緒的反応を呼び起す根源のようなものが隠されているのではあるまいか、とスーリオ氏は考えた。そして、ずっと昔、彼がまだ二歳の頃、両親と一緒に住んでいた、ベルギーに近い北フランスのリールという町に行き、かつての我が家を訪ねてみた。すると、期待していた通りのものにぶつかった。鍵はちゃんと見つかったのである。たしかに、彼が二歳の頃に住んだ家には、焼絵ガラスの窓のついたヴェランダがあり、窓の両側には赤いカーテンが垂れており、ヴェランダの向うには、樹の植わった中庭があって、中庭と柵を隔てた通りには、通行人の往来が眺められたのである。しかも太陽は正面に沈むので、日没時には、すべてが逆光線の黄金色の光に満たされるのであった。……

このふたたび発見された幼時体験のエピソードは、いろいろなことを私たちに教えてくれる。まず第一に、子供は二歳ぐらいでも、もろもろの印象をちゃんと頭のなかの記憶装置に刻みこんでおくものであり、たとえ意識の表面では忘れていても、意識の奥底において、その潜在的な記憶が、大人になった私たちの情緒に訴えかけてくる力を決して失ってはいないということ。これは実際、驚くべきことではなかろうか。

もしかしたら、私たちが前世の記憶などと呼んで、解き明かすことを断念している神秘的な情緒を伴った記憶も、私たちのはるかな過去の幼年期の体験のなかに、ことごとく、その源泉を見出すことができるのではあるまいか。

薄明の幼年期にこそ、大人になった私たちの感情生活を支配する、秘密の司令部があるのではあるまいか。そして私たちはただ、その存在に気づかないだけのことなのではあるまいか。

——こんなことが考えられる。

＊

フロイトの考えによれば、一般に、芸術とは、人間が現実世界において満たすことを禁じられた願望（それは多くの場合、抑圧された幼年期の性愛的願望である）を、独特の方法によって、錯覚的に満たしてやるところの手段の一つである。

だから幼児体験は、芸術家にとって、その創り出す芸術作品の傾向を決定するほどの、きわめて重要な因子となるのである。もちろん、実人生においても、幼児体験は、私たちの感情生活に大きな影響を及ぼすものであることに違いはないけれども、芸術の世界は夜の夢と同じように、あらゆる禁止の解除された別世界であるから、いわば、それだけ願望がストレートに表現されているわけである。

芸術家の幼児体験と、それに触発されて生み出されたところの芸術作品とのあいだにある関係は、文学好きな精神分析学者たちが好んで採りあげる、最も興味ぶかい研究テーマの一つとなっている。フロイトがレオナルド・ダ・ヴィンチやゲーテを採りあげ、マリー・ボナパルト女史がエドガー・アラン・ポーを採りあげているのは周知であろう。

イタリア・ルネッサンス期の万能の天才レオナルドは、ある科学論文のなかで、自分の幼時体験を次のように語っている。「まだ私がごく幼くて、揺籃《ようらん》のなかにいた頃、一羽の兀鷹《はげたか》が舞い下りてきて、尾で私の口をひらき、何度も何度も尾で私の唇を突ついたことがあった。」

この短かい記述から、フロイトはレオナルドの同性愛的傾向や、生みの母親（彼は私生児であった）に対する強い愛着や、性的なものへの幼年期における探究などといった、一連の精緻な分析を引っぱり出してくる。素人が聞けばびっくり仰天するような、奇想天外な結論ではあるけれども、フロイトの推理を一つ一つ追って行けば、なるほどと自然に納得させられるような、みごとな首尾一貫した分析となっている。

要点を述べれば、――兀鷹の尾は男根象徴であり、兀鷹が子供の口をひらき、尾をもって口の中をかきまわしたという、レオナルドの空想に含まれている状況は、男根が相手の口中に挿入される性行為、つまり同性愛者の好むフェラティオの観念に合致するのだ。また兀鷹はエジプト神話で母性の象徴であり、しかも雌のみで処女受胎をすると信じられている。そういったことから、男根は母の乳房に置き換えられ、母は聖母マリア、自分は幼児キリストだというアナロジーが成立するのである。――この私の簡単な要約で満足できない方は、どうかフロイトの長い論文をじっくり読んでいただきたい。

さて、次はゲーテである。ゲーテは六十歳で書きはじめた、名高い自伝『詩と真実』第一章の冒頭の部分に、次のような自分の幼年時のエピソードを書いている。すなわち、少年ゲーテはある日、近所の年長の遊び友達にけしかけられて、面白半分、自分の家にある陶器の皿や壺や、台所にある瀬戸物などを片っぱしから、次々に外の舗道へ叩きつけて、みんな割ってしまったというのである。

べつに何ということはない、よくある子供のいたずらのようにも思われるが、フロイトはこの小さなエピソードから、少年ゲーテの弟に対する嫉妬、弟が死んで、母の愛を独占することができた経緯などを、あざやかな手つきで引っぱり出してくるのである。詳細は親しくフロイトの本文について知っていただきたい。

一方、フロイトの女弟子のマリー・ボナパルトは、その厖大な『エドガー・ポー研究』のなかで、この詩人の幼時体験から生じた母親コンプレックスを、手を変え品を変えして分析している。いささか牽強付会的な解釈もないではないが、ポーの小説の愛好家にとっては、こんな面白い本はないと言えるくらい、じつに興味津々たる本である。

幼くして母を失ったポーの眼底には、死の床に横たわった、美しい母のイメージが焼きついていた。といっても、母は彼が二歳の時に死んでいるはずだから、このイメージは無意識の記憶像であろう。ともあれ、こうして彼は、妻のイメージと母のイメージを同一視し、また婚姻の床と柩の台とを同一視するにいたる。若くして死んだ処女妻ヴァージニアも、ポーのネクロフィリア（屍体愛好）的傾向をいよいよ強める役割を果したかもしれない。『リジイア』『モレラ』などの短篇を見られたい。ポーが自分の苦悩から癒やされるのは、愛する女が（ちょうど死んだ母のように）死ぬ時に限られる。女が死んで初めて、彼は近親相姦の苛責《かせき》から解放される。有名な短篇『黒猫』を例にとるならば、主人公が猫の眼をえぐるのは、エディプス王が自分の眼をつぶすのと同様、去勢を意味する。しかも猫は女性で、母の象徴であり、猫が樹に吊るされて殺されるのは、エディプスの母イオカステーが首をくって死ぬのと同じである。つまり、いずれも近親相姦の罪に対する自己処罰を意味することになるのである。

＊

幼年期が私たちにとって、至福の黄金時代のように見えるのは、私たちが大人の目で、これを歪めて理想化しているからにほかならない、という意見もある。たしかフロイトも、そういう意見の持主だったようだ。

しかしながら、あらゆる大人の世界の禁止から解放された、自由なナルシシックな子供の世界、時間のない、永遠の現在に固着している子供の遊びの世界は、やはり私たちの想像し得る、最も理想的な黄金時代と言ってよいのではあるまいか。

アメリカの心理学者ノーマン・ブラウン氏の意見によると、人間の芸術活動のひそかな目的は、「失われた子供の肉体を少しずつ発見して行くこと」だそうだ。この意味ふかい言葉を、私たちは何度も嚙みしめてみる必要があるだろう。そのとき、幼児体験の意味するものも、新鮮な光のもとに照らし出されて見えてくるだろう。

〔初出：「イラストレイション」1972（昭和47）年7月号〕

体験ぎらい

体験を語るのは好きではないし、体験を重んじる考え方も好きではない。鬼の首でも取ったように、何かと言えばすぐ「体験の裏づけがない」などと批判したがる人間は、私には最初から無縁の人間だ。

もっとも、人間は生まれてから死ぬまで、因果なことに、一瞬一瞬、必ず何らかの体験を強いられているわけで、極端に言えば、眠っている時だって夢の体験、あるいは無意識の体験をしているのだから、体験なしに人生を送ることは考えられないのかもしれない。私たちの人生は、くだらない体験の連続であって、体験なしの空白の人生などというものは、狂人ででもない限り、望んでも得られるものではないのかもしれない。

体験なしの空白の人生！　光り輝く詩の瞬間！　もしそういうものを首尾よく手に入れることができたら、私はいわゆる「ファウスト的人間」を克服したことになり、私の幸福はまさに完璧なものになるだろう。

しかし遺憾ながら、体験というやつは、まるで陰険な虫か何かのように、私の生を十重二十重に取り巻き、これを少しずつ食い荒らすことをいっかな止めないのだ。

グリューネヴァルトの描いた凄惨な老人像のように、私は体験の虫に食い荒らされ、孔だらけにされて、最後にはぼろぼろになって死んでしまうだろう。

ちなみに、人間にあたえられた一切の幸福と苦痛とをみずから体験し、自我を普遍的なものに高めようとする「ファウスト的人間」とは、エコノミック・アニマルをもじって言えば、フィロゾフィック・アニマルとも称すべき、歴史の強迫観念に憑かれた、あくせくした体験偏重主義者のことである。

そういう次第で、私はいつも体験の重圧から逃れたいと考え、体験のない空白の世界へ、天使のように身も軽々と飛びあがってしまいたいと念願しているのであるけれども、そういうチャンスは、おいそれとは巡ってこないらしいのである。

それでも記憶の底をさぐってみると、たった一度だけ、そんなようなチャンスに恵まれたことがあったような気がしないでもない。

あれは今からもう三十年近くも前のことだったろうか。何でも壊滅的な戦争が終って、そこら中に夏の白い光が遍満していたような記憶がある。

私は当時、満十七歳で、旧制高等学校の白線帽をかぶり、マントを着、朴歯の下駄をはいて歩きまわっていた。こんな珍妙な恰好は、おそらく私たちの世代が最後であろう。頭のなかは完全に空っぽで、何もすることがなくて、私はただ、当時仮住まいしていた埼玉県のF市の、線路向うの神社の裏山に、毎日のようにぶらりと出かけては、怠惰な一匹の獣のように、草の上にひっくり返っていた。夏休だから、学校はまだ始まっていないのである。いや、その時の私の頭では、もう永久に学校は始まらないような気がしたものである。

正確に言うならば、それは八月十五日から一週間ばかり経った期間で、私にはこの期間、まさに歴史が停止してしまったかのような印象があった。マグリットの絵のように、晴れ晴れとした青空と、そこに浮かんだ白い雲の下で、万象がみるみる虚妄の色を帯びてくるかのような印象があった。この印象はたぶん、私の内部で、あとから修正され変化したものにちがいない。

お断わりしておくが、私たち高等学校の寮に生活していた若者は、ほとんどすべて、八月十五日より以前に日本の敗戦を予知していたし、暗い灯火管制のもとで、しばしば敗戦後の日本の運命について、一室に集まっては議論に熱中したりしていたほどだから、例の玉音放送によってショックを受けたり、突然の虚脱感やら解放感やらを味わわせられたりした者などは、おそらく一人もいなかったはずなのである。私とて例外ではない。若者は敏感である。「最後の一線」とか「国体護持」とかいった情報局総裁の談話からだけでも、若者はそこに胡散くささと破滅の臭いを敏感に嗅ぎつけたものである。

私は草の上に獣のようにひっくり返って、その当時、何を考えていたのだろうか。どうもはっきり思い出すことができない。

思い出すことができないからこそ、空白の体験ということにもなるわけだが、もしかすると、私はただ自然の過剰に目を奪われていただけだったのかもしれない。あたかも盛んな夏であった。赤茶けた焼跡とのコントラストによって、あれほど自然が際立たせられた時代はなかった、と私は考える。陽光も、植物の緑も、雨も風も、すべてがこの時代には強烈であり、過剰であったようだ。みじめなのは人間だけであり、滑稽なのは文明の側だけだった。……

ところで、あれから二十有余年、またしても体験は山のように私のまわりに押し寄せ、私は現在、体験の海のなかで溺れて死にそうな形勢である。神秘的体験や恐怖の体験こそなかなか味わえないにしても、知的体験から始まって性的体験までにいたる日常的な体験の幅の広さは、うんざりするほどのものである。とにもかくにも、体験の数を減らすことが急務ではあるまいか。

しかし、こんな私の悲願もあらばこそ、日本人の体験好きはますます猖獗《しょうけつ》をきわめ、テレビや週刊誌から総合雑誌まで、世はあげて体験を掘り返し漁りつくし、映像にしたり活字にしたりすることに大わらわの現状ではある。

初体験などというネオロジスムが、そのままセックスの初体験の意味に用いられ出したのは、いつ頃からであろうか。

野暮を承知で言うならば、私たちがただ一つ、大事に守って行くべきなのは、ジョルジュ・バタイユのいわゆる「内的体験」というやつだけだろう。

そのほかの体験は、せいぜい処世のための役にしか立たない、人間の生の絶対的側面とは、ほとんど何の関係もないものにすぎないのだ、と私は勝手に料簡《りょうけん》している。

〔初出：「潮」1972（昭和47）年8月号〕

ギリシアの蛙

ヨーロッパでは、アリストパネスの昔以来、蛙の鳴き声といえば「コアックス・コアックス・ブレケケケックス」ときまっており、たしかハウプトマンの『沈鐘』にも、アンデルセンの『親指姫』にも、さらにジェイムス・ジョイスの『フィネガンズ・ウェイク』にも、そんな古典的な蛙の鳴き声が出てきたように記憶しているが、――わが家の近くの古池に棲む食用蛙どもは、さすがに日本の蛙だけあって、ギリシア語では鳴かず、夜もふけてくると、牛のような単調な声で、もっぱら「ブー・ブー・ブー」と鳴き出すのは、いかにも芸がないような気がする。

ところが、その「ブー・ブー・ブー」がひとしきり続くと、一瞬の間をおいて、あたかもしゃっくりでもするように、「ケッ」という奇声を発するのは、そもそも蛙のいかなる生理的な理由によるのであろうか。まさか日本の食用蛙がアリストパネスの真似をしているわけでもあるまいし、ギリシア語の勉強をしているわけでもあるまい。

春から夏、夏から秋にかけて、私は毎年、この食用蛙の奇妙なしゃっくり（?）を聞きながら、深夜の書斎にペンを走らせているのである。

「そら鳴き出すぞ、鳴き出すぞ」と、固唾をのんで耳をすましていると、はたして、蛙どもは「ケッ」という。そのタイミングがおもしろい。動物学者は、この食用蛙のしゃっくりを何と解釈するのであろうか。

〔初出：「東京新聞」1972（昭和47）年9月7日〕

終末論あるいは宇宙のコロンブス

一九二三年十一月、関東大震災から三ヵ月後、焼け跡の余燼《よじん》もまだくすぶっているのではないかと思われる頃、東京で、石井重美というひとの書いた『世界の終り』という本が刊行され、二ヵ月ばかりでたちまち二十版も版を重ねるほどの売れ行きを示した。私は、この本の一部を所持しているが、その序言には次のように書いてある。

「現下、世界人類の頭の上には、名状すべからざる暗黒な妖雲が低迷して居る。そういう時に、恰度《ちょうど》、日本の帝都である東京及び横浜を中心とした関東の広大な地域は、此の九月の一日、突如として、全く空前の大震害を蒙った。此の未曽有の大震襲来のため、人心の不安は、一層甚だしく高潮せしめられた。正直のところ、此の春、本稿を起草しつつあった頃、及び、此の夏、東京日日の紙上でその一部を発表しつつあった頃、自分は、自分の筆にして居るような事柄が、しかも自分の踏んで居る足の下から、突然に湧起しようとは、全く夢想だもしなかった。いや、いよいよ地震の起って来る一日の正午近くまで恐らくは、誰も、あの戦慄すべき大災厄の勃発を予知しなかったであろう。しかしながら、想いがけなくも、新聞に掲載されてからまだ二た月と経過しない今日、自分の記述が一種の予言のようになった悲しい事実を面のあたりに視なければならないことになった。」

この記述によると、どうやら関東大震災の起る前にも、いわゆる「世界の終り」の不安が、周期的に襲ってくる一種の流行現象のように、日刊新聞の紙上で論評されるほど、世の中に瀰漫していたのではないかと思われる。石井重美氏が『世界の終り』を書いたのが、関東大震災の後ではなく、その直前だったということは、私には、何かひどく無気味な暗合のように思われるのだが、どうだろうか。

大洪水とか、地震とか、火山の爆発とか、あるいは彗星の出現とか、日蝕とかいった自然の異象を眺めて、苛立たしい不安の念とともに世界の終末を予感する人間心理は、昔も今も変らない。歴史をしらべても、たとえば西暦一千年前後のヨーロッパに、そのような異象が現われたという記録は数限りなく見つかるし、その他の時代、その他の地方においても、同じようなことは頻々と起っている。日本にも、そういう時代が何度かあった。

いったい、異象が現われるから世界の終りを感じるのであろうか、それとも世界の終りの不安があるから、ひとびとは異象を見るのであろうか、——さあ、このへんの事情を解明するのはむずかしい。心理的時間の因果関係は複雑なのである。地震のような現象ならば、現実的に人間社会に災害を及ぼすわけであるけれども、一方、「空とぶ円盤」のようなものは、もしかしたら幻覚であるかもしれず、その実在が必ずしもはっきりしていないからだ。心理学者のユングも、その著『近代の神話』のなかで、「空とぶ円盤」現象の心理学的・歴史的分析を行っているが、その実在については何とも言えない、とみずから断わっている。宗教動乱と饑饉に疲弊した十六世紀のドイツの諸都市で、不吉な「空とぶ円盤」に似た飛行物体を見たという、集団幻覚の報告はたくさん残っている。

しかし、世界的な天変地異や大災害に対する人間の不安は、単に終末論の発端にすぎないのであって、終末論が神話として、あるいは思想として完全な形になるためには、世界の破滅とともに、それからの再生、復活の論理がつけ加えられなければならない、ということを銘記すべきであろう。絶望の危機感によって、この世の未来を真っ黒に塗りつぶすだけでは、終末論とは言えないのである。その真っ黒な未来に、かすかな一条の光がさしているとき、終末論は形成される。その一条の希望の光とは、私たちの究極意識と言ってもよいだろうし、救済論と言ってもよいだろう。

人間が人間の破滅をひたすら幻視し、ひたすら希求したとしても、それは恐ろしい呪いでこそあれ、終末論ではあり得ない。終末論は、どんなに否定的なものであれ人間のためのものであって、人類への呪いではないのである。その意味で、終末論とはあくまで逆説的なものであり、あえて言うならば、人間が生きてゆくための拠りどころなのである。死を不断に意識することによって、生の燃焼度を強烈ならしめるという心的メカニズムを、もし私たちが終末論の効果と呼ぶとすれば、死ぬべく運命づけられた、有限の個体としての私たち人間は、誰でも一種の終末論を心にいだかずには生きていられない、と言えるかもしれないのだ。

宗教学者のミルチャ・エリアーデは、アメリカを発見したコロンブスの危機的な心理を、次のように分析している。

「実際、コロンブスは、全地上に福音が行きわたるという予言が実現するのは、世界の終りよりも前であるにちがいないと信じていた。しかも、コロンブスにとって、世界の終りは遠い将来のことではなかった。その『予言の書』において、彼は世界の終りがくる前に、新大陸の征服、異教徒の改宗、そして偽キリストの敗北が実現するだろうと断言していた。」(『源泉へのノスタルジア』)

コロンブスにとって、終末論と救済論とは一つのものだったのである。世界の破滅が間近に迫っているからこそ、ぜひとも自分の手で楽園を発見しなければならない、と彼は使命感に燃えて考えたのである。その楽園は、ヨーロッパの西、インドの東海岸にあるはずだった。「神が私を新天地の使者たらしめたのです」と彼はポルトガル王子に誇らしげに語っている。

一般に、ヨーロッパの十五世紀と言えば、民衆がそれまでの中世の重い桎梏《しっこく》をかなぐり棄て、人間らしい自由な生き方を楽しみはじめた時代、と考えられており、地理上の発見も、そうした精神の一環として、つまり冒険的な精神や海外雄飛の精神として、理解されているようである。しかし事実は、必ずしもそうではなかった。地理上の発見、少なくともコロンブスのアメリカ発見は、この世界が衰えて断末魔の状態にあるという危機意識、今にも世界が滅び去るのではないかという究極意識から生じたのである。

じつのところ、コロンブスは、この世界がせいぜい百五十年ないし三百年ぐらいで滅びるだろう、と考えていたらしい。彼は大へんな読書家で、中世のキリスト教神学者、たとえば尊者ベーダや、セビリヤのイシドールスや、ピエール・ダイなどの著作に親しんでいたから、彼らの主張している世界破滅の年を、そのまま本気で信じていたのである。

ところで、コロンブスを始めとする十五世紀の地理上の発見者たちは、なぜ楽園を求めるのに、西へ西へと航海して行ったのであろうか。——この点についても、エリアーデは面白い意見を述べている。すなわち、コペルニクスやガリレオの天文学上の発見以来、太陽中心説は一種の流行となり、イタリアの人文主義者たちのネオ・プラトニズムの哲学にも、それが象徴として、さかんに登場するようになった。太陽シンボリズムは、もともとエジプトからギリシア、ペルシアにまで及ぶ古代宗教の伝統であったのに、それが中世のキリスト教会によって斥けられていたのである。ルネサンスは、これを逆転したのだった。「コペルニクスやガリレオの同時代人にとっては、太陽中心説は科学理論以上のものだった」とエリアーデが書いている。

太陽が東から西へ運行するように、ルネサンスの航海者たちも、西の海へ向って船出したのである。太陽を追いながら、西の海にあるという楽園を夢想したのである。天文学や哲学におけると同様、ルネサンスの航海術においても、太陽シンボリズムが時代を支配していたのだった。

西方に理想世界を求める太陽シンボリズムの信仰は、必ずしも西欧ルネサンスのみでなく、私たちもよく知っているように、インドから日本に及ぶ東洋においても広く認められる。日本の中世の末法思想においても、西方浄土を求めて、熊野の海に舟を出し、そのまま波のあいだに沈んでしまう普陀落渡海《ふだらくとかい》の習俗があったことをご存知の方もあろう。

考えてみると、東から西へというパターンは、終末論とともに、ヨーロッパの文明や宗教の移動して行ったパターンでもあった。すなわち、古代オリエントから西欧へ文明が推移するに当っては、その裏に、初期キリスト教の教父たちの説く終末論があった。ルネサンスの終末論は、地上楽園を求めるプロテスタントの宗教改革という形をとって、大西洋の彼方にアメリカ大陸を発見せしめた。それでは、アメリカ大陸は西欧文明の行きどまりであろうか。

現在、アメリカ政府によって試みられている宇宙開発も、古代以来の太陽シンボリズムのパターンにぴったり則っている、と考えれば考えられないこともないような気がする。二十世紀の科学的終末論は、すでに原子爆弾の発明によって保障されたが、それと同時に、宇宙のコロンブスをも誕生せしめたのだ。

コロンブスは晩年、病気と貧困とに悩まされ、みじめな失意の生活を送ったが、死ぬまで、自分の発見した土地をインドだと信じていた。それは美しい虚偽の夢だった。伝え聞くところによると、アメリカの宇宙飛行士の中には、ノイローゼになったり自殺したりする者が多いそうだが、彼らはいったい、どんな美しい夢を信じていたろうか。

〔初出：「第三文明」1974（昭和49）年3月号〕

Ⅲ

『錬金術』R・ベルヌーリ著
『薔薇十字の魔法』種村季弘著

近頃では、狂気や幻想やシンボルの復権とやらのためか、カルテジアニスムの評判がめっきり悪くなっているような気がするが、そんな昨今の風潮とは係りなく、私は昔からデカルトが好きであった。この生まれつき病身であった哲学者が、毎夜、十時間ないし十二時間の睡眠をとらなければ満足せず、極端に朝寝坊の習慣があった、などというエピソードを読まされると、つい、これは自分に似ているのではないか、と思ったりしてしまうほどだ。しかも、デカルトが女中に生ませた娘フランシーヌの死を深く歎き悲しんで、彼女にそっくりな自動人形を作らせ、どこへ行くにもこれを伴った、などという伝説があるのを知ると、私はますます、この哲学者の気質に惹かれてゆく自分の気持を抑えることができなくなるのである。

デカルトの生涯のなかで大きな謎とされているのは、一六一九年、彼が二十三歳の時に試みた、長期にわたる不思議なドイツ旅行である。そのころ、全ヨーロッパでは、薔薇十字団と「見えない哲学者」の話題が沸騰していた。デカルトはこの運動に情熱的な関心を寄せた、と信じられている。いや、著名な『デカルト伝』の筆者シャルル・アダンのごときは、デカルトがドイツの数学者ファウルハーバーの手引により、実際に薔薇十字の同志会に加盟した、と断言しているほどである。もっとも、シャルル・アダンの推論には素人目にも軽率なところがあり、ルネ・デ・カルトの頭文字RCを二つ組み合わせた彼の印章が、薔薇十字団のそれと全く同じだなどと、鬼の首でも取ったように指摘しているのはどうかと思う。

ポール・アルノルドの『薔薇十字の歴史』（一九五五年）は、こうした従来の俗説を片っぱしから粉砕し、そのころ明確な組織としては実在していなかった薔薇十字団に、デカルトが加盟したはずはないということを力強く論証する。といっても、デカルトと薔薇十字思想とのあいだの関係をすべて否定するのではなく、唯一の資料であるアドリアン・バイエ神父の言葉を忠実にたどりながら、一六一九年十一月十日の夜、あの名高い炉部屋《ポワール》に閉じこもった若い哲学者が見た夢の内容を仔細に分析して、そこにヴァレンティン・アンドレーエの『化学の結婚』とのあいだの驚くべき類似を発見するのである。これはフロイト的、あるいはユング的な興味津々たる夢の象徴の解釈であるが、まあ、この点について深入りするのは控えておこう。

薔薇十字団にはスポークスマンはいたが、少なくとも十七世紀の初頭には、その秘密組織の存在していたことを証明する資料はない、というポール・アルノルドの主張は、必ずしも多くの学者によって支持されないだろう。種村季弘《すえひろ》氏も述べているように、こうした組織の存在の否定説は、「まさに薔薇十字思想家の沈黙の側を証言として引き合いに出すほかはないので、客観的な証明はいずれ不可能ということになる」のだ。現にフランスの隠秘学研究の中堅で、幅広い著作活動をしているセルジュ・ユタンのように、デカルトの薔薇十字団加盟説をそのまま肯定している学者もある。

いずれにせよ、英国ではシェークスピア、ジョン・ディー、ロバート・フラッド、フランシス・ベーコンのような、また大陸ではデカルト、スピノザ、コメニウス、ライプニッツのような錚々たる知識人が、十七世紀の初頭から後半にかけて、組織に加盟したにせよ加盟しなかったにせよ、この薔薇十字思想に深甚な興味をいだいていたことは間違いないのである。私には、デカルトが愛したと言われるオヴィディウスの詩句bene qui latuit, bene vixit（よく隠れる者はよく生きる）も、このあたりの事情と何か関係があるような気がしてならない。さらにデカルトがメルセンヌ宛ての手紙のなかで分析している、アルキメデスの螺旋水揚げ機だとか、ポンプだとか、日時計だとか、蠟燭の焰だとか、火縄銃の弾丸だとかいったメカニックなものに思い至ると、私はどうしても、種村氏が『薔薇十字の魔法』のなかで言及している、あの魔法道士たちの数々の不思議な発明品、太陽光線集中装置だとか、カメラ・オブスクラだとか、永遠に燃えるランプだとか、ラファエルの物言う輪だとかいったようなものを連想してしまうのである。絶対の探求とメカニック愛好とは、どういう点で互いに繋がっているのであろうか。

種村季弘氏の目ざましい近著二冊、すなわち『錬金術』と『薔薇十字の魔法』とを論評するために、私は故意に自分勝手な迂回をして、デカルトと薔薇十字思想との関係について少しこだわってみたが、結局、すべての道はローマへ通じるもののようである。私が言いたかったのは、西欧合理主義思想の本家本元のごとくに見られ、狂気の復権を叫ぶ一部の一知半解の徒から、昨今、軽々しく扱われる傾きのないでもないカルテジアニスムなるものが、じつは薔薇十字思想の落し子にほかならなかったのではないか、という単純なことである。

このことは、さらに敷衍《ふえん》して、次のように言い変えることも可能だろう。すなわち、科学は錬金術の落し子にほかならず、社会主義思想はユートピアの落し子にほかならない、と。あるいはまた、性欲におけるサディスムがサド思想の退化した形式であるように、合理主義におけるカルテジアニスムはデカルト哲学の退化した形式である、と。たしかにジルベール・デュラン（『象徴の想像力』）の言うように、デカルト哲学がシンボリズムを破壊してしまったのは事実であろうが、破壊する人間には必ずアンビヴァレンツがあるものだ、と私は信じているのである。

いみじくも種村氏がヘルベルト・ジルベラーの説――「理想的な主題にまで昴められたリビドー象徴があまりにもあからさまに探求者の前に置かれると、必ずや曲解悪用の危険が起る」――を引用して述べているように、「この世紀（十八世紀）以後、文明は象徴言語を嫌い、合理主義の理性言語の斧で根源と卑賤への退路を絶った」がために、「文明は退化を免れはしたものの、発端と終末、根源と究極の間を自在に往還することができた、かつての全一性の魔法を喪失」してしまったのである。

種村氏の二著は、呆れるばかりの才筆の翼にのって、著者かヘルメス学の隠れた広大な領域を自在に飛びまわり、そこで見つけた数多のシンボルに関する考察から、ふたたび任意に現在に立ちもどり、また過去にさかのぼって行くという、いわば観念世界のフィールド・ワークに楽しみながら耽っている趣のものなので、これは私たち読者が読んで楽しいことはもちろん、さらに限りない思索と夢想への精神的地平をもひらいてくれる。近来稀な快著というべきであろう。

〔初出：「海」1972（昭和47）年8月号〕

『文学におけるマニエリスム』 G・R・ホッケ著

林達夫氏が「精神史」のなかで、ホッケの『迷宮としての世界』の「一角獣・レダ・ナルキッソス」の件りに展開される、この著者の「白鳥とレダ」のテーマをめぐる解釈について、横槍を入れているのは面白い。ここで、ホッケは、レダと白鳥との性愛を、人間的なものと動物的なものとの「不一致の一致」だと言っているのであるが、林氏は、この白鳥を「ただの白鳥ではなく、恋のとりことなった王者＝神、ユピテルの、世を忍ぶ仮のすがた」として捉えるべきではないか、と言っているのである。

これが林氏の言うように、果してホッケの勇み足であるのかどうか、私には何とも断言いたしかねるが、ヨーロッパ精神の地下世界にひたすら魅惑され、地下の洞窟に残された私たちの祖先の、ありとあらゆる隠微なメッセージを解読せんものと躍起になっているホッケのことだから、このような勇み足の一つや二つは、まだまだ探せば幾らでも出てくるにちがいない。むしろホッケの学問の破天荒の面白さは、このような勇み足をも含めて、近頃の流行言葉で言えば「ワルノリ」しているような、シャルラタンめいた博引旁証《はくいんぼうしょう》の語り口にある、と言い得るかもしれない。

今度出た『文学におけるマニエリスム』にしても、事情は全く同じである。まさにこれは、著者の言う「精神史の洞窟学」というものであろう。

そう言えば、種村季弘氏の訳文が、原著者の情熱に乗り移られたかのように、まことに生き生きとして躍り跳ねるような趣きを見せているのも、はなはだ奇妙である。(ここで言う「奇妙」とは、「大へん愉快である」という意味のそれであるから、念のため。)

さて、本書には幾つかのキー・ワードがあるが、たとえば「アッチカ風」と「アジア風」、「ミメーシス」と「ファンタジア」、「ダイダロス」と「ディオニュソス」などは、その中でも最も重要なものであろう。ホッケによれば、ヨーロッパ文学におけるマニエリスムの源泉は、古代の「アジア的」文体に遡るのであり、しかも様式概念としてのマニエリスムは、ヨーロッパ精神史の反古典的および反自然主義的常数として、全ヨーロッパ文学史のうちに例証し得る性質のものなのだ。

すなわち、単に一五二〇年から一六二〇年までの一時期ばかりでなく、このマニエリスムは、フィレンツェにおけるフィチーノやピコのネオ・プラトニズムにも、アグリッパやパラケルススの魔術や錬金術やカバラにも、ジョン・ダンやクラショーの形而上詩にも、フランスのプレシオジテにも、スペインのゴンゴリスモにも、ドイツ・ロマン主義にも、マラルメの象徴詩にも、さらに二十世紀のシュルレアリスムにも、その明らかな反映を認めることができる。ホッケは厖大な資料を駆使して、手つきも鮮やかに、私たちの前に、いちいちこれを検証して見せてくれるのである。
『迷宮としての世界』にくらべると、この文学篇の方は、いくらか理論的肉づけの薄い、テーマ別による覚え書の羅列のように見える。それだけに私たちは、これを便利な一種の表現学辞典としても読むことができるだろう。イメージの渉猟者は、この豊富にして華麗な幻想百科から、汲めども尽きぬ示唆を得ることであろう。そういう勝手気ままな読み方をしても、一向に差支えないと私は考える。そもそもマニエリスムとは、硬化したアカデミックな、苦虫を嚙みつぶしたような、しかつめらしい態度とはおよそ無縁のものなのだから。

〔初出：「週刊読書人」1972（昭和47）年2月21日号〕

『魔術師』 J・ファウルズ著

サド侯爵は、好んで自分の作品を「哲学小説」と名づけた。哲学は、理性の時代である十八世紀フランスのいわば流行語であり、サドばかりでなく、マリヴォーやレティフのような、あまり哲学とは縁のなさそうな文学者まで、しばしば好んでみずから哲学者と称していたのである。ヴォルテールの『カンディッド』やディドロの『ラモーの甥』ともなれば、これは明らかに啓蒙哲学者の書いた諷刺的哲学小説のお手本ともいうべきものであろう。

サドは哲学小説『美徳の不幸』の冒頭に、次のように書いている。

「哲学の勝利とは、神の定めた目的に到達すべく、人間が辿って行かねばならない小暗い道に光を投げかけることであり、さらにまた、人間を横暴に支配するという神の気紛れに絶えず翻弄されているこの憐れな二本足の存在に、この神の意志を正しく解釈することができるような、案内図のごときものを描き出してやることであろう。」

分りやすく言えば、十八世紀風の哲学小説とは、人生の意味を探究する小説だと言えるかもしれない。人間は「神の気紛れに絶えず翻弄されている憐れな存在」なので、人生の意味なるものを容易につかみがたい。いや、もしかしたら、人生には最初から意味などないのかもしれない。神の摂理を信ずる楽天主義で世の中を渡って行こうとする無邪気なカンディッドは、自然が地上に送る天災やら疫病やら、あるいは人間の欲望によって生ずる無益な戦争やら、残虐な宗教裁判やらのために、さまざまな辛酸を嘗めさせられ、ついに地上いたるところに、悪の勝利と人生の不条理をしか見ないような苦しい心境に立ち到る。それでも人間が生きて行かねばならないとすれば、どうしたらよいのか。カンディッドは忍耐強く、「私たちの畑を耕やさなくてはなりません」と言う。しかし『美徳の不幸』の女主人公ジュスティーヌは、言語に絶する悲惨を味わった挙句、何の報いられるところもなく、雷に撃たれて死ぬのである。

サドが二十世紀の新らしい小説作家に大いに読まれ、彼らの創作意欲を鼓舞している一つの大きな理由は、このように、一般の十八世紀の啓蒙哲学者とは異なって、決して解決のあたえられていない現実の赤裸々な姿を提示したためであろうと思われる。同じ哲学小説でも、サドのそれは、それほど簡単に理性が自然に対して勝利しないのである。いや、それどころか、サドの哲学においては、カンディッドのような諦念は斥けられ、理性はむしろ摂理に反抗し、自然の悪意や無秩序と同化した時に初めて、真に理性の名に値するものとなるのだ。前に引用したサドの文章のなかの「哲学の勝利」とは、だから全く逆説的な性格のもので、もし「神の意志を正しく解釈する」ならば、そこには不正と暴力の原理しかないということになる。つまり人生は不条理であって、その奥には何もないのだ。

こうした一種の相対主義、一種の不可知論の中から生み出される倫理的な苦悶の叫びは、サルトルやカミュに代表される二十世紀の実存主義的風土にぴったり符合する。哲学小説の世紀という意味で、二十世紀は十九世紀を飛び越えて、むしろ十八世紀に直接つながるのである。しかもヴォルテールの十八世紀ではなく、サドの十八世紀だ。このファウルズの『魔術師』にも、エピグラフとしてサドの『美徳の不幸』の中の言葉が引かれているが、ファウルズ以外にも、サドの文章をエピグラフとして利用している二十世紀の重要な作家が何人かいる。たとえば『アレキサンドリア四重奏』のロレンス・ダレルだ。実存主義とはやや違うが、これもまた、不可知の愛の探求(作者のいわゆる「相対性原理」)を主題とした、推理小説のように複雑な筋のからみ合った一種の哲学小説なのである。

『現代小説の歴史』の中で、プルーストやヴァージニア・ウルフやロレンス・ダレルを論じながら、フランスの批評家アルベレスが次のように述べている。

「極端に考えれば、二十世紀の新らしい小説のポピュラーな形式は、探偵小説だということができよう。探偵小説も、もっと図式的にではあるが、あらかじめ解釈のあたえられてはいない現実を提供し、そこでは、すべてが協力して隠そうとする真実を探ることが、そもそもの喜びなのである。唯一の違いは、探偵小説における謎が、かなり単純である上に、終りの方のページで、はっきり文字に表わして解決されるということである。それに対して《厚みの小説》にあっては、この謎はいつまでたっても近づくことのできない深淵で、作者のあたえる注釈や分析や説明も、決してそれを窮めつくすことができない。」

ファウルズの『魔術師』にとっても、以上の解説がぴったりであることは、主人公ニコラス青年の奇怪な愛の遍歴をお読みになった方には、ただちに納得されることであろう。

＊

この興味ぶかい厖大な推理小説風の物語『魔術師』を読みすすめながら、私の頭の中には、さまざまな思いが洪水のように押し寄せてくるのを感じないわけには行かなかった。

まず私は、はなはだ唐突な印象を免れまいとも思うが、チェスタートンの『木曜日の男』を思い出したのである。それは、『魔術師』の中の不思議な全能の老人モーリス・コンヒスなる人物が、無政府主義者たちの陰の指導者であるとともに、ほかでもない治安勢力の首領でもあり、ついには人間どもの世界のからくりを操る神そのものと同一化してしまう、あの象徴的な『木曜日の男』の中の「日曜日」を思わせたからでもあろう。しかし、それればかりではない。私は、ユートピア小説と探偵小説との接点のごときものを漠然と考えていたのである。

名著として知られる『ユートピアさまざま』の中で、ゲーテの『ウィルヘルム・マイスター』を論じながら、レーモン・リュイエが次のように述べている。

「退屈だという不当な評判を得ているこの作品（『ウィルヘルム・マイスター』）の中には、ユートピアと探偵小説とを結びつけたような、トリックと神秘にみちた奇妙な一面がある。ユートピア世界が日常的な世界からはっきり分離せず、日常的な世界の中にこっそり隠されているような場合、ユートピアは一種の陰謀という形をとらざるを得ないのだ。ウェルズの『白昼の陰謀』やチェスタートンのある種の探偵小説も、同じ法則のやや異なった現われである。」

おそらく、ファウルズの『魔術師』も、ここでリュイエの指摘している「同じ法則のやや異なった現われ」の一つではなかろうか、と私は考える。

ユートピアの愛好者は、哲学的な旅人に似ているのである。かつてのユートピア作者は、日常的な世界から完全に離脱した、架空の国を設定することによって、そこで一つの倫理的な実験を行なった。しかし近代の小説家は、複雑な筋を伴う小説の内部に、そのような倫理的な実験を抱えこもうとする。そこで小説のなかに、ある種の謎（リュイエは「陰謀」と呼ぶ）が封じこめられることになる。いわば空間的なユートピアを、時間的な謎に置き換えたわけだ。この謎解きは一種の旅であり、小説の最後に謎が解決されるならば、それはユートピアを発見したことと等しいのである。しかしアルベレスも言っているように、「《厚みの小説》にあっては、この謎はいつまでたっても近づくことのできない深淵」でしかないのだ。

ところで、哲学的な旅とか、愛の遍歴とかいうことになれば、どうしても次に考えられるのは、イニシエーション（秘伝伝授）ということであろう。事実、私は『魔術師』を読みすすめながら、薔薇十字団の神秘主義者たちの寓意小説によく出てくるような、試練を受けつつ徐々に愛の秘儀に参入する騎士の物語を思い出していたのである。人生には意味がないように見えるが、秘密を握った特定の人たち、賢者を中心とした秘密結社の連中から眺めれば、また別の様相を呈するだろう。現実の背後に隠された人生の意味は、演劇による寓意によってしか暗示されないだろう。「世界は舞台」と言ったのはシェークスピアだったが、『魔術師』においては、主人公の恋人となるリリーをはじめ、各登場人物がいつも何かの役を演じているのは面白い。

結局、小説『魔術師』の窮極のテーマは、作者の親近しているらしい実存哲学の「自由」と「選択」ということに尽きるのであろうが、いま、これを手短かに解説するのは私の手にあまることである。また殊更らしく、そういうことをしないでも、私たちが、このサスペンスにみちみちた探偵小説風の物語を一気に読み通し、その面白さに堪能するためには、何の支障もないはずであろう。私自身、この六百ページ二段組の厖大な小説を息もつかせず、ほとんど一気に読み通したのであった。

小説は第二部から俄然、奇妙な謎めいた雰囲気を帯びはじめる。ギリシアの海岸や島の自然描写がすばらしく、その意味でも、この小説には『アレキサンドリア四重奏』を思わせるところがある。つまり、英国文学におけるワイルド以来の異教的伝統である。

私には「食わず嫌い」の偏見があって、英国の新らしい世代の作家では、コリン・ウィルソン以外ほとんど読んでいない状態なのであるが、『コレクター』から親しみ出したジョン・ファウルズには、いつも私の個人的な趣味に相呼応するものがあり、これからも彼には注目して行くつもりである。

〔初出：1972（昭和47）年 河出書房新社『今日の海外小説』月報〕

『ザ・ヌード』

ケネス・クラーク著

かねて名著として聞こえていたケネス・クラーク卿の『ザ・ヌード』は、私も仏訳によって親しみ、時に評論などを書く際に参考としてページを繰ったものであるが、今度、立派な訳文による日本語版が出て、ふたたび通読し、初読の際に劣らぬ感銘を得た。訳者の労を多とすべきはもちろんであるが、それとともに、ヨーロッパの美術批評の古典的名著を豪華な造本で次々に刊行して、私たちを喜ばせている美術出版社の名編集者、雲野良平氏の弛まぬ努力についても、ここに忘れずに記しておきたい。

本書は九章に分かれ、それぞれの表題を示せば、「はだかと裸体像」、「アポロン」、「ヴィーナス」IおよびⅡ、「力」、「悲劇性」、「陶酔」、「もうひとつの流れ」、「自己目的としての裸体像」となる。このうち、第一章の「はだかと裸体像」は総論であって、著者はまず、「はだか」the nakedと「裸体像」nudeの区別から始め、単なる肉体的自然としての「はだか」と、「再構成された肉体のイメージ」としての「裸体像」とが、明らかに異なるものであることを示す。著者によれば、裸体像とは「理念」であり、「芸術の主題ではなく芸術の一形式」であり、「模倣ではなく完成を望むもの」なのである。

肉体そのものを媒体とした芸術は舞踊（あるいは演劇）であり、舞踊においても、すでに舞台の上の肉体は「再構成されたイメージ」でしかないだろう。私は、フランシス・ベーコンやジョージ・シーガルの奇怪な肉体を考えてみたが、それらもまた、きわめて現代的な要求に基づいた一つの哲学の表明であることは、あまりにも明らかなのである。おそらく、最近のヌード写真のマニエリスティックな発達もまた、つとに自然主義的な模倣の段階を越えていると言えるだろう。

私が面白く思ったのは、古風な個人主義者を自認するクラークが、裸体芸術における必須の要素として、よしんば抽象的なものであるとしても、エロティックな感情を掻き立てるものを強く要求しているということであった。ただし、「芸術作品がエロティックな内容を溶解して収容し得る限界量は非常に大きい」のであり、クラナッハの媚薬的官能芸術に現われる妖女たちは、「水晶細工や七宝焼のように、誰からも欲望とは無関係に鑑賞され得る芸術品であることを決してやめない」（第八章）のである。クラナッハのエロティックな裸体の愛好者である私は、このクラークの見解に大いに満足であった。

第一章および第八章で、古典的裸体像とゴシック的裸体像との区別を、幾何学的・解剖学的に綿密に論証しているところも、私には非常に興味深かったし、教えられる点が多かった。ただ、裸体像とはギリシア人の発明になる芸術形式であると断定し、終始一貫、古典的な肉体表現を優位に置こうとする著者の立場は、ともすると、アポロン的主流に対するディオニュソス的傍系を不当に軽視するという結果になるのではないか、と思われた。たとえば、これもマニエリスムの頂点に位置する画家であろうが、独特の痙攣的な肉体表現を創始したエル・グレコの名が、ついに本文中に一ヵ所も出てこないことに、私はいささか奇異の念をおぼえたのである。第八章「もうひとつの流れ」にも登場せず、著者によって完全に無視された画家には、さらにもう一人、中世の裸の魔女や老婆を好んで描いた北方ルネサンスのハンス・バルドゥンクがある。

「陶酔」という項目を設けてはいるけれども、巨大な地下の暗流ともいうべき古代のディオニュソス的・祭儀的伝統や、アレクサンドリア伝来の新プラトン派的神秘主義の流れが、どうやらクラーク卿にはお気に召さないらしいのである。しかし、すでにニーチェも警告しているように、アポロンに対するディオニュソス、「白いギリシア」に対する「黒いギリシア」が存在するのは私たちの常識であり、この「黒いギリシア」の伝統にもっぱら依拠して、新しいエロティック美術の歴史（『エロスの涙』）を書いているジョルジュ・バタイユのような矯激な思想家もいることを忘れてはなるまい。バタイユのごときは、盛期ルネサンスをほとんど完全に無視して、中世（というよりも北方ルネサンス）から一足跳びにマニエリスムに目を移しているのである。美の規範やエロティシズムに対する考え方の相違であろうが、少なくとも裸体美術が問題である限り、あの甘美なフォンテーヌブロー派を大きく扱うのは当然ではあるまいか。

もっとも、私の言う「黒いギリシア」の伝統の二十世紀における復活は、古典的理想主義者たるクラーク卿の目には、「肉体を受け容れ、これを支配するに足る精神的エネルギーの欠如」（第二章）のように見えるらしいのである。彼は苦々しげに書いている、「十九世紀の初頭に唯物主義の煤煙のなかに消息不明となったアポロンは、今世紀に至って積極的な敵意の対象となった。メキシコから、コンゴから、そしてタルクィニアの墳墓からさえも、D・H・ロレンスがその予言者を買って出た闇の神々が、理性の光を消すためにこの世に招き出された。静けさと秩序との一身への具現は、社会共通の逆上や集団的無意識にとって代えられようとしている」と。

「闇の神々」とは、とりも直さず流血と死のエロティシズムを要求する神々である。これを要するに、クラーク卿はやはり理性の芸術、アポロン的芸術を重視する伝統的な立場を捨てがたいのであろう。

私は第一章と第八章ばかりあげつらったような気がするが、著者の美術史に対する基本的な考え方がいちばん直截に出ているのは、原理論としてのこの二章であって、その中間の六章においては、要するに古典的裸体像の時代によるプロポーションの変化に関する、細かい技術的な考察が進められているだけのように思われたからである。もちろん、その考察は精緻をきわめ、とくにミケランジェロ、ポライウオーロ、シニョレルリの男性像、ボッティチェルリ、ティツィアーノ、ルーベンス、アングル、ルノワールの女性像に関する考察は、単に技術的な面ばかりでなく、これを支配して精神の高みへ導く、メタフィジックな面への考察にまで筆が及んでいる。結局、裸体像とは自己自身の永遠化、神の観念と切り離し得ないものであるということを、著者は私たちに諄々と語りかけてくるのである。その限りにおいて、これらの分析が、きわめて説得力に富んだものであるということは否定しがたいだろう。

この滋味豊かな碩学の名著に、私たちが多くを学ばなければならないのは言うを俟たないが、そのなかでも、とりわけて重要だと思われるのは、この著者の永遠を希求する冷静な目が、今日の美術の概念の末世思想的な救いがたい混乱を、いかに眺めているかということであろう。「裸体は今もなお、物質が形式に変貌する最も完璧な範例であることに変わりはない」と信じている著者に、私は満腔の敬意を表したい。ハンス・ベルメールやポール・デルヴォーを熱愛している私もまた、少しく立場を異にしているとはいえ、この著者とまったく意見を同じくする者だからである。

〔初出：「美術手帖」1971（昭和46）年12月号〕

『大鴉』　E・A・ポオ詩、G・ドレ画、日夏耿之介訳

銅版画の魅力については、そもそも何と言ったらよいだろうか。繊細、精緻、精密と言うだけではまだ足りない。その魅力の根本をつくり出しているものは、どうやら私には、材料であるところの金属そのもののような気がする。金属板に鉄筆で傷をつけ、薬液で腐蝕させるという手続のなかに、すでに銅版画の硬質の魅力、金属性の腐蝕の魅力が用意されているのではなかろうか、という気がするほどである。

硬質のイメージ、腐蝕性のイメージを愛する者は、したがって、詩人であれ画家であれ、銅版画の魅力に否応なく取り憑かれることになるにちがいない。私には、ほとんど先天的に、そういう資質を持って生まれた人間がいるような気さえするのである。

たとえば、――アロイジウス・ベルトランは「レンブラント、カロー風の幻想詩」とみずから名づけた散文詩集『夜のガスパール』を書いた。メリヨンやブレダンの真価を最初に認めたのはボードレールであった。ユイスマンスの『さかしま』の主人公デ・ゼッサントは、閨房の壁を「ほとんどフランスでは知られていないオランダの古い彫版家、ヤン・ロイケンの銅版画」

で飾った。マックス・エルンストのコラージュ作品『百頭女』や『慈善週間』の魅力の大半を形づくっているのは、ほかでもない銅版画の魅力そのものではあるまいか。

現在、筑摩書房から刊行されつつある厖大な「世界版画大系」のページを一枚一枚めくりながらも、私は、デューラー亜流のルネサンス・ドイツの群小銅版画家や、さてはイタリアの群小マニエリストたちのアラベスク風の細密描写、あくまで黒と白にきびしく限定されたミクロコスモスの豪華さに、思わず息をのむような思いをすることもしばしばなのである。

もちろん、モノクロームの銅版画の豪華さは、禁欲主義の豪華さである。これは言うまでもないことであろう。

ここで、もう一つ、銅版画の魅力を形づくる重大な要素を思い出したので、忘れずに書きとめておこう。それは、銅版画家がタブロー画家と違って、中世以来の職人の伝統を保持している、ということだ。これも慎ましい禁欲主義と関係があり、私にとっては嬉しいことの一つなのである。

重いプレスの機械の置いてある銅版画家の仕事部屋は、あの何やら中世風な工房のイメージと切り離せないのである。

さらにまた、この銅版画の中世風の技法が、ルネサンス以後に拡大される自然科学的な知的好奇心と結びついて、多くの動物誌、解剖図譜、地図、建築書などの精緻な挿絵という面に、新たな領域を開拓したという事情も、見逃されるべきではあるまい。タブロー画家とは別の面で、銅版画家が私たちの文化に深く寄与してきたという所以も、ここにあるのである。この銅版画特有の古めかしい博物誌的イメージを、見事に二十世紀に復活させたのがマックス・エルンストであり、エルンスト亜流のコラージュ作家は、現在においてもなお、いまだに跡を断っていないという状態なのである。

さて、銅版画の魅力について語るのはこれくらいにして、肝心のギュスターヴ・ドレの『大鴉』の方へ話題を移さねばならぬ。

ドレの銅版画による挿絵としては、私は作者の死後に発表された『大鴉』よりも、むしろ中期の作ともいうべきダンテの『地獄篇』や『ドン・キホーテ』の方を好むと言わざるを得ないが（事実、作品としても高いのではなかろうか）、この『大鴉』には、やはり私の愛惜措くあたわざるエドガー・アラン・ポーの幻影が揺曳しているので、いずれにしても身辺から離すことのできない書物とはなっている。

ついでに述べておけば、私はアンリ・パリゾの平明なフランス語訳も、日夏訳と同じように愛好している。

日夏耿之介のポー詩の訳業については、今さら私が喋々するまでもないだろう。「陪蓮《ヘレン》に餽るうた」「鈴鐸歌」「幽鬼宮」「幽谷不安」「捷利の屍蛆《うじむし》」「黄金郷《くがねのさと》」「海中都府《わたのみやこ》」「羅馬渾圓扮戲場」などと、耿之介独特の漢語による訳詩題名を書きならべるだけでも、今では極端に珍奇なものとなってしまった、そのいわゆる「ゴスィック・ローマン詩体」の瑰麗さは十分に想像することができよう。

「大鴉」についても、この場合、私の下手な解説を加えるよりも、耿之介の説明をそのまま引用するのがよいように思われる。すなわち耿之介によれば、「大鴉」と「ユラリウム」とは一対をなし、その他の詩作品とかけ離れた内容を示している。「それは小説に於て全的に表白されてゐるスゥパナテュラルなものに対する興味と憧憬との詩的表現」なのである。

さらにまた、「大鴉」における「故人を悼む悼亡主題は、ポオとして『リノア』や『睡美人《ザスリイパア》』『ユラリウム』を初め小説にも出てくる久恋の詩材」であって、「この詩の布置を小説読者風に見ると、如何にもメロドラマ風のヤマ沢山を感じる事は事実である。極端な韻律上効果を狙った作であって、朗読向きの作であるといふ感じを抱かせられる事も亦一応事実である。」

象徴主義の祖としてのポーの暗欝な腐蝕的な詩美の世界も、また日夏耿之介のゴスィック・ローマン的な中世趣味も、いずれも私がこれまでに述べてきた、銅版画の高貴な黒白のミクロコスモスにぴったり対応するものだと言えよう。

ポー＝ドレ＝日夏という三者によって創造された『大鴉』一巻は、この意味で、まことに幸福な結合を示した書物であるように私には思われる。私たちは、何度でもページを繰って、この永遠に古びない詩と絵の世界を楽しむことができる。最初から古いものは、永遠に新しいのである。

本書の「あとがき」を書いている窪田般弥氏によると、ギュスターヴ・ドレは母親を恋人のように愛していて、一八八一年に母親が死ぬと、彼女を失って孤独になった五十歳のドレは、ようやくポーの「大鴉」の魅力に取り憑かれ出したという。そして彼自身も、母親の死後二年目の一八八三年に、母親と同じように心臓病で死んだという。

周知のように、破滅的な生涯を送ったエドガー・ポーの眼底に焼きついていたのは、彼が二歳の時に死んだ母親のイメージ、死の床に横たわった美しい女のイメージであった。「大鴉」の死美人テーマも、むろん、この彼の永遠の恋人のヴァリエーション、耿之介によれば「久恋の詩材」である。ポーの母親コンプレックスとネクロフィリア（屍体愛）を詳細に論じたのは、女流精神分析学者のマリー・ボナパルトであるが、こうしてみると、どうやらポーとドレとの結びつきは、必ずしも偶然ではなかったように思われてくる。ただ、前者は生涯の初めに母を失っているのに対して、後者は、ようやく生涯の終りに母を失うとともに、みずからもまた、五十歳代の若さで早すぎる死を迎えねばならなかったのだった。

「逝んぬ黎椰亜《リノア》を哀しびて……」とは、もしかしたら、銅版画制作中のギュスターヴ・ドレ自身の胸の思いだったかもしれない。

ポーの挿絵画家としては、ただちにハリー・クラーク、オディロン・ルドンの名前が思い浮かぶけれども、ドレのそれも、永く私たちの記憶にとどめておくべき名前であろう。

〔初出：「三彩」1973（昭和48）年4月号〕

アントナン・アルトー全集のために

アントナン・アルトーについて語るのは、私の適任ではないような気がする。というのは、アルトーの雑然たる著作のなかで、私が熱心に読んだと言い得るのは、ごく限られた範囲にすぎず、打ち明けてしまえば、「ヘリオガバルスあるいは戴冠せるアナキスト」と「タラフマラ」ぐらいのものだからである。後者はメキシコ旅行記で、ペヨトル（一種のサボテン）という幻覚剤を吸飲するメキシコ人の魔法の儀式のことなどが報告されていて、興味深かったのをおぼえている。

しかし、十数年前の私を真底から眩惑し、その光彩陸離たる詩的散文の力で、歴史上の一人物を一個の象徴にまで高めるほどの、圧倒的な魅力を私の前に行使したのは、申すまでもなく、アルトーの散文作品の最高に（おそらく！）位置するであろう「ヘリオガバルス」であった。「宮殿の便所で警官に殺された、墓場なき死者ヘリオガバルスの屍体のまわりに、もしも血と糞とが激しく循環しているとするならば、彼の揺籃のまわりには、精液が激しく循環している。世界中の人間が世界中の人間と寝ていた時代に、ヘリオガバルスは誕生した。彼の母が現実にどこで、誰の種を宿したかは永久に分るまい。」

こんな文章ではじまるローマのデカダン少年皇帝の物語は、むろん、世の常の伝記文学などといったものではなく、詩人の直観と独断にみちみちた、型破りの散文詩とも称すべき、作者の激越な個性の焼きついた、何とも名づけようのない怪物的作品だったのである。

この作品において、アルトーは事もあろうに、地上最高の権力者たる「皇帝」と、秩序の破壊者たる「アナキスト」という、常識では最も相反すべき二つの概念を、ひとりの類い稀な天才の人格のなかに、強引に結びつけようとさえしているのであった。

「アナキストは言う、神も主人もない、おれひとりだ、と。ひとたび帝位についたヘリオガバルスは、いかなる法律も認めない。彼は主人である。彼自身の個人的な法律が、したがって万人の法律となるだろう。彼は暴政を課する。あらゆる暴君は実のところ、帝冠をいただき、世界を足下に踏みにじる一個のアナキストでしかないのである。しかしヘリオガバルスのアナーキーには、べつの観念がある。みずからを神と信じ、その神と同化する彼は、人間の法律、愚かな嗤うべき人間の法律をつくるという過失を決して犯さない。」

かくてアルトーは、このオリエント生まれの暴君、ローマ古来の宗教と秩序の破壊者、残虐と破廉恥と淫蕩の限りをつくして、十八歳で殺された美貌の少年皇帝のなかに、人間の失われた統一を再発見しようとする、ある本能的な力の爆発を見るのである。たぶん、アルトーは、つねづね自分の提唱する「残酷劇」の主人公に、歴史の舞台で初めてお目にかかったかのような、歓喜の思いに筆を躍動させながら、この絢爛たる一篇の物語を書きつづったのではないか、と思われる。

アルトーの「残酷劇」なるものの形而上学的な意味を、これほど具体的に解き明かすものはない、といったような見地から、私はとくに「ヘリオガバルス」の一読を読者諸氏にお奨めする次第である。要するに、アルトーにおける演劇の影《ドゥブル》は、形而上学であり、ペストであり、残酷であり、そしてまた、これらすべてを含んでいるローマの少年皇帝でもあったにちがいない、と私は考えている。

〔初出：1971（昭和46）年 現代思潮社パンフレット〕

『迷宮としての人間』の序

中野美代子著

最近、私は動物学者コンラート・ローレンツの名著『攻撃―悪の自然誌』を興味ぶかく読んだ。ローレンツはフロイトのように、科学によるペシミスティックな現実認識から出発する思想家である。私はとくに、ローレンツによって提示された「攻撃性のない愛はない」という命題に、目のさめるような思いをするとともに、以前から自分の予感していた動物性と人間性とに関する一つのパラドックスを、この本によって、あらためて確認させられたと思った。

そのパラドックスとは、説明すれば次のごときものである。すなわち、世間一般の観念では、動物的本能といえば残虐性への傾向をもっぱら意味し、人間性といえば友愛や連帯をあらわすものとされているが、この関係はむしろ逆なのではないか、ということである。

私の大好きなニーチェの箴言に、「口の利けるある動物が言った、《人間性とは、少なくともわれわれ動物が陥っていない一つの先入見である》」というのがあるけれども、まさに私たちは、ヒューマニズムという一つの空虚な先入見に陥っているのではあるまいか、と感じさせられたのである。

ローレンツが、みずから創始した比較行動学の立場から、脊椎動物における「攻撃本能」と呼ばれるものを観察研究した結果によると、同一種族間に行われる攻撃は、それ自体としては決して「悪」ではなく、種を維持する働きをもっている。しかも攻撃本能は、進化の過程で儀式化され、真の殺し合いから切り離されて、無害なものにさえなっているのだ。たとえばチンパンジーを例にとってみても、彼らは決して一撃で仲間を打ち殺す能力をもってはいない。同類同士の殺し合いは、道具の発明とともに可能となったのだ。最初の武器の発明によって、それまで保たれていた殺戮能力と殺戮抑制とのあいだの均衡が破れ、攻撃を無害なものにする「動物的本能」が役に立たなくなり、ここに危険な「人間性」、すなわち「悪」の芽が胚胎したのである。同類殺害は、別して人間的な現象なのである。

最初の道具の発明とともに、人間はただちに自分の兄弟を打ち殺して、その肉を炙って食うことをおぼえた。シナントロプス・ペキネンシスの骨には焼かれた形跡があり、多くの人類学者の意見では、偶発的なものか宗教的なものかは不明ながら、彼らが人肉嗜食の習慣をもっていたことは確かであろうとされている。

人肉嗜食！——おそらく、その最初は宗教的な要請によるものであろう。ジョルジュ・バタイユは、人間の肉を食った古代人も、この食うという行為が禁止の対象であることを知らないわけではなかったはずだ、と書いている。彼らは禁止を知りつつ、この禁止を宗教的に犯したのだった。「聖なる人肉嗜食は、欲望を創り出す禁止の基本的な例である。」（バタイユ）——

いずれにせよ、それが動物的な世界から脱け出した、とりわけ人間的な世界の出来事であることに変りはなかろう。

「攻撃性を含まぬ愛はない」という命題によって、ローレンツはサディズムの根拠を動物学的に説明したが、むろん、それはあくまで脊椎動物の範囲においてであった。一方、性交中に雄を食う雌カマキリの行動から、性欲と栄養摂取の本能とのあいだの密接な関係を、古今東西の民俗学的事実の豊富な引例によって、哲学的・社会学的に跡づけようとしたのはロジェ・カイヨワである。『神話と人間』の第二部がそれに当る。

たぶん、人間におけるサディズムも、原生動物からカマキリまでにいたる、この原始的な動物の性的カニバリズムの隔世遺伝と見てよいのかもしれない。そもそも、攻撃性の最も原始的な形態は、そのままカニバリズムなのである。ルネ・アランディ博士の説によれば、「あらゆる攻撃性の根源に消化の本能があることは疑いない」のである。

中野美代子さんのエッセイについては、かつて私は図書新聞に連載された「カニバリズム論」を読んで、その飽くなき絶巓への肉薄ぶりに瞠目したことがあり、このたび、その「カニバリズム論」をも含めた最初の文学的エッセイ集が上梓されるに当り、ささやかな餞《はなむけ》を贈ることになった次第なのである。中国文学を専門とする中野さんは、しかし日本の大方の中国文学畑の退屈な学者たちとはまるで違った、いわば血の匂いのする、形而上学的エロティシズムとでもいうべきものを求めている人らしく見受けられる。人肉嗜食やマゾヒズムや残酷などの追求も、そうした志向の一環であることは明らかであろう。

私は、中野さんが中国文学という巨大な地図のなかに、しきりに「テラ・インコグニタ」を求めて焦慮しているらしいのを知って、ひどく嬉しくなった。彼女の夢想のなかのアムネ・マチンはついに幻であるかもしれず、探偵小説と登山の遊戯性を知らない中国文化は、いまや、未知の土地をすべて既知に変貌せしめてしまうかもしれない。しかし私たちの期待しているのは、ひとりのロマンティストが、虚構の「テラ・インコグニタ」を設定して、そこで観念の遊戯にふけるのを見るということであろう。

韃靼海峡を渡って行く蝶のように、彼女の夢想がアジア大陸を自在に飛びまわり、未知なる花の花粉とともに、ふたたび日本に帰りつくことを望まずにはいられない。

〔初出：1972(昭和47)年 潮出版社『迷宮としての人間』(中野美代子)序〕

『天使論』 笠井叡著

今から数年前、私はロシアの神秘主義者ゲオルギー・イワーノヴィッチ・グルジエフに関する短かい文章を書いたことがある。もっぱらルイ・ポウエルの評伝『グルジエフ氏』（一九五四年）を種本としたものだった。笠井叡は、この私の文章に異常な興味を示し、その後、みずから英文で書かれたグルジエフの著書や、ウスペンスキーの評伝などを求めて、グルジエフ哲学の研究に本格的に打ちこみ出したのである。

残念ながら、日本ではグルジエフの名前はほとんど知られておらず、平凡社の世界大学選書の『セクト―その宗教社会学』の訳者のごときは、ガードジェフなどと記して、無知をさらけ出している。大学教師の馬鹿さ加減は、底が知れない。

それはともかく、もともと暗黒舞踊の教祖たる土方巽の教えを受けた舞踊家であり、文学や哲学を専門とするわけではない笠井叡が、どこまで難解なグルジエフ哲学に肉薄することができるか、当初、私は大いに疑問としたものであった。しかし今、まとめられて一本となった彼の『天使論』を通読すると、そんな私の杞憂はきれいに吹っとばされ、あらためて笠井叡の沈潜した世界の深さに、驚嘆の念すらおぼえるのである。

近頃、若い画家や演劇青年が、舌足らずなアナーキスティックな芸術論をひけらかすことが流行しているようであるが、そういう種類の軽薄な芸術論と、この笠井叡の『天使論』とをゆめゆめ混同してはなるまい。ヒエラルキア（位階制度）に固執する笠井叡の生来の神学的志向は、アナーキズムとは最も遠いものである。その辺の事情は、クロソウスキーから影響を受けたとおぼしい本書の第四部、卓抜なサド論である「言葉の熔鉱炉」を参照することによって、納得していただきたい。

私は、ここで『天使論』の主題を解説しようとも思わないし、また、それが可能であるとも思わない。「ぼくが試みたことは、世に言う神秘主義的知識を、ことごとくぼくの肉を通して、無神論的に確認することであった」と著者は序文で述べている。本書はグルジエフ、サド、バタイユ、稲垣足穂などと展開して行った、著書の読書遍歴から直接に生まれたところの、信仰告白でもあろう。神秘を否定する神秘主義が、こうして著者のなかで実践的に胚胎するのである。

キリスト教もインド哲学も、舞踊家笠井叡においては、深く肉体と結びついたものとなっているようだ。「ぼくの目論見は、神秘学を通して、理性と感性を永久に侵害させ合い、両者が共倒れになる極北の荒廃に、肉体を再構築することにあるのだ」と著者は決意を語っている。

著者はまた、死を「生け捕りにする」ことを狙ってもいるらしい。ニーチェからバタイユにいたる明るい苦悩主義が、奇妙なワグネリアンである舞踊家笠井叡のなかに、一抹の憂愁のように影を投じている。
つまり、神秘主義者だからロマン主義者であり、ロマン主義者だから苦悩主義者であり、ロマン的苦悩主義者だから明るいのである。これは詭弁でも何でもなく、私たちの肉体によって検証してみるならば、一目瞭然の真理であるべきなのである。ただ、これを言葉によって門外漢に伝達する絶望的な困難さは、著者がよく承知しているところであろう。幸いにして、笠井叡には、音楽と舞踊という伝達の武器がある。ダンスの会場は、そのままイニシエーションの場となるべきであろう。『天使論』を読んだ読者は、ぜひ笠井叡のダンスに立会っていただきたい。

〈初出：「週刊読書人」1972（昭和47）年10月16日号〉

『ヨーロッパ歴史紀行』

堀米庸三著

アポリネールの短篇『プラハで逢った男』のなかに、次のような記述があって、私の注意をひいた。

「ラケダムはユダヤ人街の市庁舎の時計を見て三時だと言った。この時計にはヘブライ文字が記されている。そして針が反対に廻る。」

私は三年前、プラハに滞在した折、カフカと因縁のある旧ユダヤ人街をしばしばうろつき、そこの市庁舎の時計塔も眺めたはずなのに、まさか、時計の針が反対に廻るとは夢にも思っていなかった。しかしアポリネールという詩人は、名うてのほら吹きである。もしかしたら、彼は嘘をついて、私たち読者をからかっているのかもしれないではないか。

そう思って、私はプラハで求めた写真集をひらき、旧ユダヤ人街の市庁舎の建物の写真をとっくり眺めてみた。写真で見ると、時計は二つあり、上の方の塔にある時計は、当り前の右廻りの時計であった。ところが下にある、破風のような部分に付属した時計は、たしかにアポリネールの言う通り、左廻りの時計であるらしかった。なぜかと言えば、文字盤にはヘブライ文字のアレフ（一に当る）からラメド（十二に当る）までが、左廻りの順に記されているのが、私の目にもはっきり確認されたからである。……

のっけから妙なことを書いたようだが、堀米庸三氏の『ヨーロッパ歴史紀行』のなかに、氏がチュニジアのテストゥールで見た、十七世紀のモスクの塔に、不思議な左廻りの時計のあることが述べられていたので、御参考までに、私のささやかな見聞を記したにすぎない。

もちろん、私は素人なので、アンダルーシアを追われたイスラムの難民が、果してカバラ（ユダヤ神秘主義）の伝統を保持していたかどうかについては、何とも断言いたしかねる。ただ、カバラとスペインのユダヤ教徒とが密接な関係を有していたことを、ショーレムの本などで、いつも読まされているので、そこに何か秘密がありそうな気がするというだけのことである。申すまでもなくヘブライ語は、アラビア語やシリア語などと同じく、文字を右から左へ、つまり時計で言えば左廻りの順に書くわけだ。

さて、私は昔から堀米庸三氏のファンで、氏の著作はずいぶん丹念に読んでいる方ではないかと思う。いやしくもヨーロッパの中世文化に関心をもつ人ならば、誰だって、堀米氏のお世話にならないわけには行かないのだ。この本の姉妹篇ともいうべき『歴史家のひとり旅』も楽しく読んだし、とくに同じ鎌倉に長く住んでいる人間として、氏の身辺雑記にも共感を誘われる。『ヨーロッパ歴史紀行』もまた、雑誌連載中から、花田清輝氏の「日本のルネサンス人」とともに、私が毎号欠かさず読んでいたものだった。

この本のなかで、私たちは、あたかも堀米先生に引率された修学旅行の生徒のように、ウィーンからベオグラードへ、さらにルーマニア、ブルガリアを経てイスタンブールへ、そしてアテネ、チュニス、スペインへという具合に、快適な紙上の旅をつづけることができる。旅の途中で、堀米先生は、さまざまな属目のテーマから話題を発展させて、その都度、歴史を見る新しい眼を私たちに開かせてくれる。

前に述べた時計の話もその一つだが、そのほかにも、たとえば、ギリシアの昔は現在ほど不毛の地ではなかったということ、ギリシアにおける土地私有制の早期の確立はオリーヴ栽培と関係があるらしいこと、地中海世界のイチジクは日本では考えられないほど美味であること、ハンニバルの象はアルジェリアから調達されたこと、フローベールの『サランボー』に描かれたカルタゴの豪奢は事実ではないこと、等々がある。いずれも、私には興味ぶかい話題であった。「旧メッテルニヒ邸の裏通り」の項では、私は実際に地図を出してきて、アドリア海奥のフィウメからバルト海奥のレヴァル（現在のタリーン）までの線に沿って、定規を当ててみた。なるほど、その線はウィーンを貫通していた。

もちろん、堀米氏のヨーロッパ紀行は、単に属目のテーマを論ずるというだけでなく、日本人にとってヨーロッパとは何かという、歴史家の直面する大きな問題を扱っている。それとともに、建築にあらわれたヨーロッパ人の空間意識を探ることが、旅行の直接目的でもあったようである。

この二つは、言うまでもなく、氏の問題意識のなかで、互いにからみ合っているにちがいない。最後の「建築の空間意識と文化」と題する項がそれで、要するに氏はここで、「ヘレニズム風の有限空間意識とゲルマン風の無限空間意識が、バロックの中で統一されるということ」を論じているのである。

といっても、氏のいかにも日本人らしい個人的な好みは、バロックの装飾過剰に嫌悪感を催すので、氏の美意識が容認し得るバロック建築の例は、「ゴテゴテしたいやらしさが少なかった上に、天井画とくに大円蓋の壁絵にみられる遠近法が、他のどの教会建築のそれよりもすぐれていると思えた」ウィーンのカール教会とプラハの聖ニコラス教会のみである。

私自身は悪趣味だから、ヨーロッパ旅行中、わざと自分の日本人らしい淡泊な美学に抵触するような、バロックのゴテゴテ趣味を探してまわったものであった。たとえばバイエルンのヴィース教会などは、もう吐き気がするほどのいやらしさである。バロックは、それだけに私にとって最も興味があるが、この点について、さらに堀米氏の突っこんだ論述を、又の機会にぜひ読ませていただきたいものである。

〔初出：「潮」1973（昭和48）年11月号〕

池田満寿夫・全版画作品集のために

長いこと付き合って、私がつくづく感心せざるを得ないのは、池田満寿夫という画家が、ふしぎに強靱なヴァイタリティーを秘めているということだ。彼と同じ世代に属する多くの画家が、むなしく方法の摸索に行きづまり、過剰な観念に色蒼ざめ、昏迷と頽廃のうちに沈滞しつつある今日、ひとり池田満寿夫のみは、たえず新たな方法の領域を開拓し、不死鳥のように華麗な転身に転身を重ね、ついに今日に見られるごとき、優雅な物語と詩の世界に到達したのである。これからも、彼の動物的に強靱な生命力は、その芸術に、不断に新らしい血を注ぎこむことをやめないだろう。

池田満寿夫の絵の世界を形容するのに、優雅という言葉を用いた評家は、私のほかにも、すでに何人かいたことと思うけれども、最近の彼のエッチングやリトグラフの、洗練されつくした、自信たっぷりな、驚くほど達者なテクニックを眺めるにつけても、この優雅という言葉以外に、私には、貼りつけるべき形容詞を発見することもできないような気がするのである。優雅とは、élégantでありexquisである。それは単なる技巧の世界を越えて、ただちに作品の内的世界に結びつくものであり、また、そこには当然、エロティックなニュアンスも含まれることになる。

しかし、池田満寿夫のエロティシズムについて、今さら何を語る必要があるだろうか。私たちはただ、初期の習作から最近のコラージュ風版画にいたるまで、彼の作品世界に何度となく姿を変えて現われる、妖しいエレガントな女たちや、そのヴァリエーションであるところの、天使やスフィンクスの幻影の発散する、麻薬のように強烈な逸楽の超現実的な味わいに、快く酔っていさえすればよいのである。

池田満寿夫は女のイメージに憑かれた画家であり、ともすると、情報化時代と呼ばれる今日の、新らしい国際的なモナリザやヴィーナスやサロメの典型を創造しつつある画家だ、と言えるかもしれないのである。

と同時に、この西洋の女の顔をした国際的なモナリザが、いかに日本的な色と、日本的な装飾主義のパターンの中に棲んでいるかということに、私はふたたび驚かざるを得ないのだ。いわば、西洋の方法に濾過された日本的感性のエッセンスが、池田満寿夫の画面には、うっすらと滲み出ているのであり、それがまた、彼の創造をいよいよ魅力あらしめているのである。原色版八十点を含む今度の画集は、若い第一線の作家のものとしては異例と言うべき、全作品をおさめた劃期的な画集であり、私たちはそこに、愛すべきマスオ・イケダの全貌を窺い知ることを得るであろう。

〔初出：1972（昭和47）年 美術出版社パンフレット〕

ロイヤル・シェークスピア劇団を見て

去年、二度目に来日したロイヤル・シェークスピア劇団の「十二夜」を見て、そのおもしろさにしたたか感心させられた私は、このたび、さらに同劇団のピーター・ブルック演出の「真夏の夜の夢」の斬新な舞台に接して、よりいっそうの感銘を味わった。その印象を、以下に記してみたいと思う。

何もないところに劇的生命を生み出す、ピーター・ブルックの祝祭的ともいうべき舞台空間の新しい演出法は、すでに映画「マラー／サド」によって私も知っていたが、「真夏の夜の夢」においては、それがいっそう極端になっているように思われた。

舞台は、白い壁に三方を囲まれた、まったく何もない白い空間である。妖精のブランコ、ティターニアとボトムの眠る「花の臥床」よりほかには、装置と呼べるようなものは何一つない。いや、ブランコや「花の臥床」（空中に吊り上げられる）さえ、舞台空間の次元を拡大するための、装飾的というよりはむしろ完全に機能的な装置でしかないのだ。舞台の上のバルコニーにしても、その点では同様である。

ブランコやバルコニーの活用によって、いわばステレオグラフィック（立体的）ともいうべき舞台が構成されるわけだが、私の思うのに、これこそシェークスピアの舞台にふさわしいものだろう。なぜかといえば、シェークスピアの世界、とくに「真夏の夜の夢」の世界は、夢と現実とが交錯する世界にほかならないからだ。

「お気に召すまま」の第二幕に出てくる「全世界が一つの舞台」という有名な台詞は、バロック精神をあらわす標語のように、多くの評家によってしばしば引用されているけれども、たしかに、シェークスピアの世界は、現実が二重にも三重にも屈折していて、夢と現実とが互いに浸透している世界なのである。だから、芝居は逆転また逆転である。

人間どもが恋に狂って、愚かな人生を演じているのを、ブランコやバルコニーの上から、妖精たちが皮肉な顔つきで、眺めおろしているという構図はおもしろい。私がステレオグラフィックと言ったのは、このように、人間界と妖精界、現実と夢、意識と無意識が二重構造的に一挙に眺められる視点のことなのである。この視点を獲得することによって、空間はいっそう濃密になり、芝居はいっそう味わい深いものとなる。

全世界が一つの舞台だということは、言葉をかえれば、まるで手品の箱のように、現実が二重底にも三重底にもなっているということであろう。人生そのものが芝居ならば、舞台の上で演じられる芝居は、つねに劇中劇でなければならない。舞台の上で劇中劇が演じられるならば、現実の次元はまた一つふえる。私たちの人生は、かように劇中劇中劇中劇……というふうに、どこまで行っても切りがないにちがいない。――こんなことを考えさせるのが、ふしぎな生命力にみちたシェークスピアの芝居である。

何もない白い空間を、簡単な服装をした若い男女の俳優が、力いっぱい飛んだり跳ねたり、あるいはサーカスのようにブランコからぶらさがって、大きく揺れたりする。それだけで、目もあやな森の中の夢の場面が現出するのだから、シェークスピア劇の生命力もさることながら、大した演出の力だと思わざるを得ない。

しかも、その空間は閉鎖的ではなく、舞台の外とも自由に交流可能なのだ。俳優たちはしばしば舞台から観客席へとびおりたり、観客席から舞台へとびあがったりする。あるいはまた、梯子をのぼってバルコニーの上へ出たりする。

私は、この自由奔放な古典の演出ぶりを眺めながら、やはり芝居の演出とは、世界を解釈しようとする一つの意志なのだな、とつくづく思った。当り前のことかもしれないが、世界とは、人間の解釈を俟たなければ、ついに何物でもないのである。シェークスピアの世界だって、つまらない演出家の手にかかれば、つまらない世界でしかあり得ようがないのだ。すぐれた演出家とは、すぐれた世界の解釈家であろう。

「真夏の夜の夢」には、第五幕に職人たちの演ずる「ピラマスとシスビ」の劇中劇がある。ナンセンス劇として、これが何ともおもしろい。現代にもそのまま通用する、こうした珍無類なナンセンス劇を、さりげなく劇中に挿入しておいたシェークスピアとは、たしかにヤン・コットの言うように、「われらの同時代人」だという気がする。

前にも述べたように、全世界を一つの舞台だと考える考え方によれば、劇とは本質的に劇中劇なのである。このパラドックスを、骨身に徹して知っていたのがシェークスピアだった。今日でも少しも古びないシェークスピア劇のおもしろさの秘密は、おそらく、このへんにあるにちがいないと私はにらんでいる。

それにしても、日本にいながら、二年もつづけて、ロイヤル・シェークスピア劇団の芝居に接することができるとは、ありがたい世の中になったものだ。私の遅すぎたシェークスピア開眼も、そのおかげなのである。

〔初出：「朝日新聞」1973（昭和48）年5月9日〕

「マラー／サド」劇について

最近のサド研究によると、シャラントン精神病院でサド侯爵が演出したのは、院長クールミエの誕生日のお祝いのための芝居だけであり、そこに出演した俳優も、じつは精神病患者たちではなくて、パリから狩り集めてきた専門の役者ばかりだった、ということであるが、まあ、そんな史実とフィクションとの食い違いを、いちいち咎め立てる必要はあるまい。ペーター・ヴァイスの芝居はフィクションとして、文学的な真実として、私たちを十分に納得させる論理的な骨組を示しているからだ。

ドラマの構造上、もっとも大事な点は、論理の対立によって筋が進行するということであろう。そういう観点から眺めると、この芝居は、サドとマラーという二人の対立者の思想上の対決が主要なモティーフとなっているという意味で、まことに卓抜なアイディアの芝居だと思う。

さらにまた、この芝居は、劇中劇という形式が思う存分に利用されているという点でも、特筆すべきであろう。劇中劇のおかげで、一つの時間と空間が、他の時間と空間とに、意のままに重なり合わせられるようになったのである。こうしてフランス革命は一つの比喩となり、一八〇〇年代の精神病院においても、あるいは一九七〇年代の私たちの現実においても、いつでも小規模に実現されるべきものとなったのだ。

もう一つ、この芝居では、ミシェル・フーコーなどの哲学者が最近、精力的な仕事によって明らかにしつつある、人間文化における狂気の意味が問われているようにも思われる。バロック演劇における道化の問題や、祭儀的空間としての演劇の問題がしきりに論じられている今日、精神病院に閉じこめられた狂人たちを登場人物とする芝居を書いたペーター・ヴァイスの着眼は、ほとんどアクロバティックと言ってもよいほど、水際立った冴えを見せている。

ルネサンスやバロックの時代においては、理性と狂気は、ア・プリオリに二方向に区別すべきものではなく、文化を形成する二つの要素として、イロニックに混淆しているもの、互いに逆転する可能性のあるものと考えられていたようである。それは、エリザベス朝演劇やモリエールの芝居などによく出てくる、発狂の場面を見ても分るだろうし、ハムレットの狂気一つを取り上げてみても、何となく分ったような気がするだろう。

十七世紀の中ごろから、狂気の世界が締め出され、監禁されるようになる。サドはその犠牲者である。サドは自由思想家として、すなわち狂気の思想家として、監禁されたのである。そしてシャラントン精神病院は、十九世紀初頭の理性万能主義のブルジョア社会の、もっとも典型的な精神病院なのである。すなわち、理性の秩序のための防壁である。

ペーター・ヴァイスは、この精神病院のなかに、狂気ばかりでなく、革命をも監禁させるという実験を行った。いや、サド侯爵の演出によって、そういう実験が行われたというフィクションを創作したのだ。当然のことながら、この場合、狂気と革命とは等価なものとなるにちがいない。そして、マラーもサドも、いわば論理の化身のような人物であることを思えば、革命によって象徴される理性と狂気とのバロック的なイロニックな関係も、これによって明らかになるにちがいない。

一つの箱のなかから次々に小さな箱が出てくる支那の手品のように、劇中劇という手品によって、歴史と現実、理性と狂気、秩序と革命、社会と個人などといった対立的な関係が、対立しながら重層的に発展し、イロニックに混淆し、最後には、大混乱によって収拾がつかなくなり、サド侯爵のイロニーそのもののような大笑いで幕が閉じられる。

狂人たちが、ときどき芝居を忘れ、精神病の発作と演技の区別がつかなくなるように、院長もまた、芝居のなかの台詞に興奮して、思わず大声を出したりする。このへんが、何ともおもしろい。

〔初出：1972（昭和47）年3月 劇団青俳公演パンフレット〕

パリ・オペラ座のバレエを見て

パリ・オペラ座バレエ団の東京公演で、モーリス・ベジャール振付けの「火の鳥」と「春の祭典」を見る。

前に二十世紀バレエ団としてベジャール一座が来日したとき、私は見る機会を逸していたので、今度の公演には期待するところが大きかった。

ストラヴィンスキーの「春の祭典」は、音楽に関する無知をつねづね公言している私が、ひそかに若年から愛好しているものだ。それには、二十代のころの私の熱愛の対象であったジャン・コクトーの名前が結びついている。コクトーは、ストラヴィンスキーとの出会いを「生涯の決定的な事件」と称し、「春の祭典」を「有史以前の田園詩」と名づけたのである。コクトーが反ロマン主義、反ワグネリズムの急先鋒となるのも、この事件からである。

つまり、「春の祭典」の出現によって、二十世紀にまで尾をひいていた十九世紀の世紀末的残滓がふっ切れたのだ、と言ってもよいであろう。

ベジャールの「春の祭典」も、要するに、この方向を極端にまで推しすすめたものにほかなるまい。もはや作曲家の愛惜する「ロシアの春」ではなくて、コクトーがいみじくも述べたように、ここには「有史以前の田園詩」しかないのである。いや、有史以前というよりも、不特定の現代そのものかもしれない。民俗的なものやロマン主義的なもの（同語反復であるが）は、きれいさっぱり洗い清められて、ただ共通した人類的基盤の深みから浮かびあがってきたところの、普遍的な人間性のシンボルだけが残ったのである。だから、そのシンボルを「生命力」とか「愛」とか呼んでもよかろうし、あるいは「エロティシズム」とか「性」とか名づけてもよろしかろう。

しかしエロティックとはいっても、タイツをはいただけの男女の肉体は、かえって舞台の上では全く抽象的にしか見えないので、少なくとも私には、ショッキングなものは何も感じられなかった。

ベジャールは、その華々しいデビュー作として知られる「ひとりの男のためのシンフォニー」以来、両手を前につき、四つんばいになってトウで立つ蜘蛛のような姿勢（バレエ用語で何と呼ぶのか知らないが）や、さらにまた、女性が両脚を男性の腰にからませて、男性の膝の上にのるスキャンダラスな姿勢（チベットの歓喜天のスタイル）などの型を編み出してきた。それらはベジャール独特のエロティックな象徴言語ともいうべき踊りの基本型で、評判になった「ロメオとジュリエット」でも「聖アントワヌの誘惑」でも繰返し利用されていたようだ。私はそれを「春の祭典」で初めて見て、おもしろく思った。

群衆による熱っぽい祭儀的空間をつくり出そうとする意欲においては、一九二七年生まれ（私より一歳年長だ）のベジャールも、今日の若いアングラ的な舞台芸術の創作者たちと、同じ道を歩んでいるといえるだろう。ただ、彼の場合は、やみくもの破壊や爆発ではなく、普遍的な人間情念を一つの様式にまで高めようとする節度があるように見受けられる。シンボリズムへの好みがあり、一種の原型志向が認められる。

聞くところによると、ベジャールの名を世に広めることになったのは、彼を抜擢して「タンホイザー」のバッカナーレを受け持たせたヴィーラント・ワグナーだという。私はこれを知って、何となく、なるほどと思った。ドイツ的な暗さとラテン的な明快さとの違い、また重苦しいワグナー劇と躍動するバレエとの違いこそあれ、象徴的単純化とユング的原型志向という点において、両者は意外に一致するのではなかろうか。少なくとも、肥大した病的ロマン主義の権化ともいうべきワグナー劇でさえ、いまや否応なく、普遍的単純化の方向に向わざるを得ないのだな、と思ったのである。

ユングによれば、「夢のなかに現われる足は、大地に接する器官という意味で、地上的現実との関係を表わしている」そうであるが、性のシンボリズムに固執するベジャールの振付けにおいては、踊り手の足は、いつも大地から離れていないような気がする。これをもって、ベジャールを異教的タイプの舞踊家であると断定することは避けたいが、あんなに床にべったり坐ったり、ごろごろ寝そべったりする集団のバレエというものを、私がついぞ見たことがないのも事実なのだ。

最後に、私は、新解釈の「火の鳥」のパルチザン指導者の役をみごとに踊った、金髪の美しいエトワール、ミカエル・ドゥナールの名を忘れずに書きとめておきたい。その若々しい肉体の躍動するたびに揺れる金髪は、ほれぼれするほど魅力的だった。

〔初出：「朝日新聞」1972（昭和47）年4月8日〕

笠井叡舞踏会を見て

その日、一九七二年一月十一日は、この季節にしては珍らしく、何だか妙に荒れ模様で、夜になるにつれて雨も風も激しくなった。私はアンブレラをもって出発した。

——こんなことを書くのは、その日がいかにも印象的だったからである。私は久方ぶりに、舞台芸術というものの醍醐味を満喫して、酔ったような気分になった。地下の厚生年金会館小ホールは、一つの熱狂を封じこめて、外部の荒れ模様の気象によく拮抗した。

笠井叡のリサイタルを見るのは何度目であろうか。見るたびに進境いちじるしいと思ったが、今度の公演で、彼は完全に一つのオリジナルなスタイルを確立したという気がする。

それにつけても、私は土方巽を思わずにはいられない。六〇年代の初頭、暗黒舞踊をひっさげて、第一生命ホールの舞台から、私たちに「新らしき戦慄」のメッセージをもたらした土方巽は、現在、休火山のように沈黙している。今にして思えば、土方巽のダンスの何と実存主義的であったことよ！　その肉体の哲学は、何とバタイユ的非連続の汗にまみれていたことよ！

ところで、土方ダンスが実存主義的であるとすれば、笠井叡の舞踊はロマン主義的、神秘主義的である。かつて世紀末のパリで流行したビザンティン的東洋趣味が、東洋人である笠井叡のコレグラフィーのなかに復活したとしても驚くには当らないだろう。加うるに、ここ数年間、彼は神秘主義思想に沈潜することによって、その天上志向をいよいよ深め、その優雅な肉体に飛翔の原理を刻印することに成功したように思う。オブジェに執着し、大地から決して足を離さない土方巽の重さに対して、これは何という相違であろう！

私は遅れて会場に着き、第二幕から見た。あたかもニュー・ロック「死者のためのエジプトの書」がホールいっぱいに鳴り響き、オリエント風の衣裳をまとった琥珀色の肉体が、踊りながら瞑想していた。その瞑想する肉体は、実際は琥珀色をしていなかったかもしれない。しかし、それはいかにも琥珀という、河底に沈んで凝固した、ポプラの涙の物質化のように見えたのだった。

次の音楽は、ドビュッシーの「牧神の午後への前奏曲」だった。これは前にも見たことがある。いささか官能性の稀薄な、好色的なところが無さすぎる、若々しい中性的な牧神が夢から覚める。彼は果してニンフの幻影を見たのだろうか。ともあれ、かつて三島由紀夫を驚かせた、笠井叡の独創になる、あの四つん這いの牧神は、ふたたび私の微笑を誘った。ニジンスキーもセルジュ・リファールも、四つん這いの牧神には兜を脱がざるを得ないだろう。

私が最も激甚な衝撃を受け、次いで陶酔の大きな波に乗せられたと感じたのは、タンホイザーの「大行進曲」とともに演じられた、軍服と日本刀の踊りであった。

エロスと死の壮大な讃歌であり、人文主義を真黒に塗りつぶす西欧のロマンティシズムの怒濤の表現であるワーグナーが、それにしても、カーキ色の日本陸軍の軍服や軍帽、あるいは日本刀と、これほど見事に調和するとは思いもよらなかったのである。これは文字通り、私にとってショックであった。

一歩誤れば、ひどい悪趣味の押し売りにもなりかねないところを、笠井叡の持ち前の優美さが救っていた。白刃をひらめかして乱舞しても、形の美しさ、スタイルの美しさは少しも崩れなかった。カーキ色の軍帽の赤い線がアクセントとなって、簡素な舞台を引きしめていた。能の舞台に狂熱のスピード感をあたえたら、あんな風になるのではないか、という感じさえした。

ワーグナーと日本刀、——こう言ったからとて、殺伐な雰囲気やファナティスムを想像してはいけない。舞台を見ていない人には、容易に説明しにくいところがあるが、そこには日本陸軍の軍帽をかぶった吟遊詩人タンホイザーの、何と言おうか、逸楽と悔恨があったのである。

会場を出ると、ほてった顔に雨が当って、冬のさなかだというのに、むしろ気持がよいほどだった。私たちは、親しい友人とともに、笠井叡を囲んで祝杯をあげた。記念すべき夜だった。

〔初出：「日本読書新聞」1972（昭和47）年1月31日号〕

吉岡実の断章

いつも真っ白なワイシャツに趣味のよいネクタイをして出版社に勤務し、コーヒーを好み、小鳥を飼い、書画を愛し、奥さんと二人でひっそりとマンションに暮らしている吉岡実さんが、現代日本でいちばん不道徳な、いちばんエロティックな、いちばんグロテスクな、いちばん犯罪的な、いちばん……まあ、このへんでやめておこう……詩を書く詩人だということを知ったら、果して世間のひとは驚くだろうか。ふと、私はそんなことを考えてみる。

しかし驚くことは何もないのだ。だって、エロティックな詩を書く詩人が、必ずしもエロティックな生活をしているとは限らないではないか。そんなことは当り前のことであり、そもそも生活と詩とは、一緒にならないものなのである。それに、前の文章ではわざと書かないでおいたのだが、コーヒーを好む吉岡さんが、また同時に、ストリップやポルノ映画の愛好家であったとしても、べつに矛盾したことにはならないのである。

もちろん、吉岡さんは実践的なエロティシズムの徒ではない。しかし、なにしろ吉岡さんは東京下町の生まれで、みずから記すところによれば「少年時より浅草六区を徘徊」していたのである。私は、吉岡さんがあの大きな目をぎょろぎょろさせながら、たとえば赤坂のスペース・カプセルなんぞで、芦川羊子や小林嵯峨の舞台を熱心に眺めているのを何度も見たことがあるが、それがよしんば場末のストリップ小屋のかぶりつきだったとしても、少しも不自然ではないように思われるのである。

*

私は数年前に、吉岡さんから大きな拳玉《けんだま》をもらったことがある。どういう経緯から、吉岡さんが私に拳玉をくれることになったのか、今では全く失念しているけれども、いまだに私の眼底にありありと焼きついているのは、この拳玉を操る吉岡さんの、まことに鮮かな手つきと、得意然としたその笑い顔なのである。

右足を軽く一歩前に踏み出し、右手に拳玉の柄を握り、糸の先についた重い球体の遠心力をうまく利用して、虚空に球体をぶーんと半回転させながら、とがった柄の先端に、穴のあいた球体をすぽりとはめこむ吉岡さんの技術たるや、百発百中、まさに神技と呼ぶにふさわしいものだった。

私はそのとき、この拳玉を操る小柄なロマンス・グレーの詩人の姿と二重写しになって、目のくりくりした、すばしっこく怜悧そうな、下町育ちの吉岡少年の姿が浮かんでくるのを、如何ともしがたかった。大正八年生まれの吉岡少年は、筒袖の着物を着ていたろうか。いや、やっぱり半ズボンの洋服だろう。拳玉ばかりでなく、彼はメンコにもベーゴマにも、たくみな手並みを見せたにちがいない。

詩人みずから書いているではないか、「夕方おそくまで遊びほうけている子供たちを呼ぶ母たちの声。それから雨が煙って空間が拡がり、最後の一滴のように豆腐売りのラッパが聞えてくるのだ」と。

*

水枕ガバリと寒い海がある　三鬼

かつて拙宅で酒を飲んでいるとき、私が右の名高い三鬼の句を、「オノマトペと比喩が通俗でだめだ」と徹底的に否定し、それに対して加藤郁乎と吉岡さんが三鬼を擁護して、いつ果てるともなく議論したことがあった。そのうち、私たちは例によって泥酔して（もっとも、吉岡さんは飲まないけれども）、議論の最終的な結着を見るにはいたらなかったが、私は今でも、その時の意見を撤回する気はさらさらないのである。

ところで、最近、私が頂戴した『永田耕衣全句集　非仏』のなかの、

カットグラス布に包まれ木箱の中

白桃の肌に入口無く死ねり
池を出ることを寒鮒思ひけり

これにはしたたか驚いた。物が存在しているな、と私は思ったのである。吉岡さんが久しい以前から、耕衣に敬愛の念をもちつづけていることを知ってはいたが、初めてまとめて読んだ耕衣の世界は或る点で、たしかに吉岡実の世界と共通しているな、とも私は思ったのである。

〔初出：「ユリイカ」1973（昭和48）年9月号〕

あとがき

第一部は広い意味でのエロティシズム論、第二部は気ままな随想、そして第三部は書評や推薦文や劇評などの短文をあつめたところの、これはまあ、言ってみればポ・プーリ（ごった煮）のごとき私のエッセー集である。なかには執筆を求められた雑誌の性質上、読者対象を意識して、かなり気軽に書いたエッセーもあるので、その点は御容赦願いたい。

表題の「人形愛序説」には、べつに深い意味はない。私がエロティシズムについて考察をめぐらすと、どうしても人形のイメージが出てきてしまうので、これをタイトルに持ってきたまでの話である。そう言えば、ピエール・ルイスに『女と操り人形』という小説があったっけ。

昭和四十九年八月

澁澤龍彥

〔初刊：1974（昭和49）年10月 第三文明社『人形愛序説』〕

P+D BOOKS ラインアップ

ゆきてかえらぬ	瀬戸内晴美	●5人の著名人を描いた珠玉の伝記文学集
愛にはじまる	瀬戸内晴美	●男女の愛欲と旅をテーマにした短篇集
お守り・軍国歌謡集	山川方夫	●「短篇の名手」が都会的作風で描く11篇
演技の果て・その一年	山川方夫	●芥川賞候補作3作品に4篇の秀作短篇を同梱
断作戦	古山高麗雄	●騰越守備隊の生き残りが明かす戦いの真実
龍陵会戦	古山高麗雄	●勇兵団の生き残りに絶望的な戦闘を取材

P+D BOOKS ラインアップ

フーコン戦記	古山高麗雄	● 旧ビルマでの戦いから生還した男の怒り
地下室の女神	武田泰淳	● バリエーションに富んだ9作品を収録
裏声で歌へ君が代（上下）	丸谷才一	● 国旗や国歌について縦横無尽に語る渾身の長篇
手記・空色のアルバム	太田治子	● 〝斜陽の子〟と呼ばれた著者の青春の記録
銀色の鈴	小沼丹	● 人気の大寺さんもの2篇を含む秀作短篇集
怒濤逆巻くも（上下）	鳴海風	● 幕府船初の太平洋往復を成功に導いた男

P+D BOOKS ラインアップ

香具師の旅　田中小実昌　●直木賞受賞作「ミミのこと」を含む名短篇集

燃える傾斜　眉村 卓　●現代社会に警鐘を鳴らす著者初の長篇SF

EXPO'87　眉村 卓　●EXPO'70の前に書かれた〝予言の書〟的長篇

秘密　平林たい子　●人には言えない秘めたる思いを集めた短篇集

フライパンの歌・風部落　水上 勉　●貧しい暮らしを明るく笑い飛ばすデビュー作

心映えの記　太田治子　●母との軋轢や葛藤を赤裸々につづった名篇

（お断り）

本書は1974年に第三文明社より発刊された単行本『人形愛序説』を底本としております。

あきらかに間違いと思われるものについては訂正いたしましたが、基本的には底本にしたがっております。また、一部の固有名詞や難読漢字には編集部で振り仮名を振っています。

本文中には強姦、屠殺、支那、坊主、部落、トルコ風呂、未亡人、気違い、乞食、合の子、小人、私生児、女中、精神病院などの言葉や人種・身分・職業・身体等に関する表現で、現在からみれば、不当、不適切と思われる箇所がありますが、著者に差別的意図のないこと、時代背景と作品価値とを鑑み、著者が故人でもあるため、原文のままにしております。差別や侮蔑の助長、温存を意図するものでないことをご理解ください。

澁澤 龍彥（しぶさわ たつひこ）
1928年（昭和3年）5月8日—1987年（昭和62年）8月5日、享年59。本名、龍雄（たつお）。東京都出身。1981年『唐草物語』で第9回泉鏡花文学賞受賞。代表作に『高丘親王航海記』など。

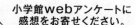

人形愛序説

2025年5月13日　初版第1刷発行

著者　澁澤龍彥
発行人　石川和男
発行所　株式会社　小学館
〒101-8001
東京都千代田区一ッ橋2-3-1
電話　編集　03-3230-9355
販売　03-5281-3555
印刷所　株式会社DNP出版プロダクツ
製本所　株式会社DNP出版プロダクツ
装丁　おおうちおさむ　山田彩純
（ナノナノグラフィックス）

ISBN978-4-09-352511-4

P+D BOOKS